何以问长安

霄白城 著

作家出版社

何以问长安

霄白城

霄白城，1983年8月生于白城，现居北京，著有长篇小说《将军岸》（作家出版社2019年9月出版），将中国古代文人的情怀体现在作品内，表达自己对古典情怀的追溯和对英雄主义精神的向往；寄情诗词，在《中华诗词》《中华辞赋》等国家级诗赋类杂志上发表七绝、七律、长短句等诗词作品。

霄白城曾从事国际传播工作，建设BON北京融媒体全球传播平台、《北京时间》、《中国艺术》，中国内容，全球传播。现为霄唐传播机构创始人，倡导“东方生活美学”，打造中国风格系列文创产品。霄白城少时学诗词，临碑帖，习书法，探求诗风似书风；2017年，为中央广播电视总台《大国品牌》栏目题写片名“大国品牌”，成为其主要视觉形象之一。

目录

下篇 新诗

落花记得江南桥

5月初的一个傍晚，华灯初上，庭院的花香还未远去，当霄白城将《何以问长安》的诗稿拿到我面前时，我真的是有些吃惊。

在我的印象里，霄白城是一个不够努力的诗人，准确地说，霄白城是一个喜欢阅读诗词、喜欢吟唱诗词、喜欢研究诗词却不经常创作诗词的不够努力的诗人。他曾经花了很长时间，写了一部50万字的长篇小说《将军岸》；他曾经下了很大功夫，研习诸家碑帖，寒池蕉雪，午榻茶烟，有10年临池之功；他曾经费了很多精力，从事中英文影视纪录片制作、国际传播工作，他也曾日复一日、年复一年地钻研他的壶、石、竹、琴、扇……但是，他从来没有将自己从小最为挚爱的写诗填词作为每日的必修课。近10年来，霄白城别说十天半月写不上一首诗，有时恨不得半年下来也写不上一首，用他自己的话，现在作诗，已经是“兴之所至，偶一为之”。这样的状态，对于一位爱诗、写诗的人来说，当然是不够努力的，为此，我常常暗地里为他惋惜，生怕他将这个与生俱来的志趣彻底放下了。

然而，令我没想到的是，这位“偶一为之”的“懒诗人”，如今，竟然写出了一部浪漫且深邃的诗集《何以问长安》。我认真翻了翻《何以问长安》，这本书，收录了霄白城从童年、少年、青年直至当下不惑之年所创作的格律诗词、古体诗词、新诗等共计100篇作品，其中，“上篇 · 诗词”部分共分十章，霄白城运用世界上独属于中国的、极具东方文化风骨的字句、格律、音韵、章法、节奏、手法、趣味和意境，继承国文之美，表达他在一个阶段内的心中与众不同的人间意境、人生情怀、人事哲思和人文精神。我认真看了看，这十章诗词，除第一章“少年诗”之外，其余九章并未按照诗人成长的时间轴去划分，而是大体依照诗歌的体裁来分类，我想，这也许是霄白城在有意淡化自己的成长心路，也可能是他不想让“年龄”的因素干扰读者的思绪和感受，他似乎是想让每篇诗词更加纯粹、亲切、多情、自由地呈现在读者面前，还诗歌以本来面目，正如他收录在此书的新诗《黄昏》中的这样几句：“如，就是本来的样子 / 我停下来徜徉 / 世界，如同本来的样子”。

通读《何以问长安》这本书，我还找到了一个霄白城是“不努力”诗人的铁证。《何以问长安》，里面这100首诗词，时间跨度竟长达30余年，平均算下来，相当于每年只写3首诗，由此可见，霄白城的诗词之路，实在走得很慢很慢。我没有问他是否曾有抛弃过的不满意的诗稿，单就我对他诗作的了解和眼前《何以问长安》中辑录的诗稿，以及霄白城作诗的态度来说，毫无疑问，这100篇诗词作品，几乎就是他过去30年诗词写作中的全部“呕心之作”。《红楼梦》甲戌本《脂砚斋重评石头记》第一回《凡例》中有诗写道：“漫言红袖啼痕重，更有情痴抱恨长。字字看来皆是血，十年辛苦不寻常。”霄白城这本《何以问长安》，虽说还谈不上“字字皆是血”，但这里的每一行诗句、每一份情感、每一幅手书，确实都萦绕着霄白城的心血与才思！《何以问长安》，诗作100篇，篇篇我都爱读，篇篇我都喜欢。我想，这些“心血”，对霄白城来说，就好比一锭“马蹄金”、一枚“黄金印”，虽然体量不大，但是分量十足！

以往，我与霄白城交流时，他曾说，他既喜欢李白的诗，也喜欢杜甫的诗，但是，他有自知之明：以他的“不努力”，远无少陵之勤，更不及少陵之沉郁；以他的诗境，远无太白之才，更不及太白之豪逸。为此，他多少有些悲观，对“不努力”也有自己的解读：诗词之路，即使再努力，也不过“旧调重弹”而已，难以望先贤之项背，如此索性就安安静静地去做魏、晋、唐、宋那些诗词先贤们的学徒，神飞遥想，时时向他们致敬、问道。我问霄白城：“既然这样，为什么你还要写出这些诗？”霄白城答复我时，说了很多真诚的话，后来，他用他这些回答的主要心旨，填写了一阕《浣溪沙·辞丹墀》词，词是这样写的：

漫卷白衣似道袍。
浮生有幸写英豪。
留侯效慕远萧曹。

见水见山何见我，
读苏读李又读陶。
落花记得江南桥。

“见水见山何见我，读苏读李又读陶。落花记得江南桥。”读霄白城这半阕词，不由让我想起霄白城在他的长篇小说《将军岸》

后记中的最后一段话：

> 北宋大文人苏东坡还写过一篇大名诗《和子由渑池怀旧》，那是我极喜爱的一首诗：‘人生到处知何似，应似飞鸿踏雪泥。泥上偶然留指爪，鸿飞那复计东西。老僧已死成新塔，坏壁无由见旧题。往日崎岖还记否，路长人困蹇驴嘶。’曾经发生的一些事，好似飞鸟在雪地上无意间留下的痕迹，你还记得往日的崎岖旅程吗？路又长远，人又困劳，驴子也累得直叫！我想，变幻琉璃、白驹过隙的人生，总有些东西会留下，以慰藉一代又一代人的心。

或许，正因如此，今天，我们才读到了霄白城这本新书：《何以问长安》。翻开《何以问长安》的第十章，这一章只有一篇作品，是一首五言绝句，名叫《致唐长安》：“白马丹青观，广陵曲未阑。沉檀不落字，何以问长安。”诗的最后一句，就是这部诗集名的出处，我想，这既是一种致敬，也是一种前缘，更是霄白城的用心所在！面对人生的“崎岖旅程”，尽管“路又长远”

“人又困劳”，但霄白城依旧选择了去努力坚守，他又是这样一个努力的人。

2023年的7月，北京格外地热，热到气温多次突破北京观象台建站以来的高温纪录！就是在这个7月，霄白城除了整理诗稿之外，还将《何以问长安》100篇诗稿中的90首古体诗词，全部以楷、行、草等书法的形式书写下来，一诗一书，诗书相照，以传承古人文脉，向中国文化致敬，之后要按时交给作家出版社的编审兴安老师审读，再去影印。然而，就在霄白城动笔书写的第二周，他的左手突然受了重伤，在医院手术室连缝6针，医生叮嘱他要注意休养，定期要到医院换药，15天后才能拆线，可是，霄白城从医院回来后，仅过一晚又开始动笔抄诗了。我问他为什么不养好了再写，他声音不高，但很坚定：“没有伤在右手，这对我来说已经很幸运了，时不我待，一定尽快写完，交给兴安老师。”接下来，整整15天内，霄白城在左手无法配合、无法辅助书写、不能磕碰的情况下，仅凭一只右手，洗笔、洗砚、拭墨、钤印、整理……依旧坚持认真书写每一首诗、每一阕词，同时，他还要悉心照顾他的爱猫。

这段日子，说长不长，说短不短，但对霄白城来说，确实显得很艰苦。如今，当时的那些“困劳”都已成过往，霄白城的手已痊愈。有一天，在一个安静的午后，我和霄白城一起喝茶。他喝过了茶，抚摸着手中的斑竹折扇，忽然对我说：“你看，我最珍视的这部诗集、手书的这些个字，非但没有在身体状态最佳的时候完成，反而恰恰是在手部最不利的情况下写完，这个经历，既有遗憾，又有欢喜，我一辈子都不会忘记。人的一生，总是缺憾与收获并存，世间哪有完美的东西呢？”

这就是霄白城，这就是他的平凡生活，这就是他的诗书世界，这就是他的精神食粮。作家出版社是个国家级的大出版社，《何以问长安》这部诗集能在这里出版，霄白城很高兴，在出版之前，霄白城让我为他的这部诗集写篇序言，我并不擅长写序言，只是比别人更了解霄白城一些，上面说的这些话，就权当是序言吧。

刘林（CCTV《大国品牌》总编）

2023年8月于北京

上篇

诗词

第一章　少年诗

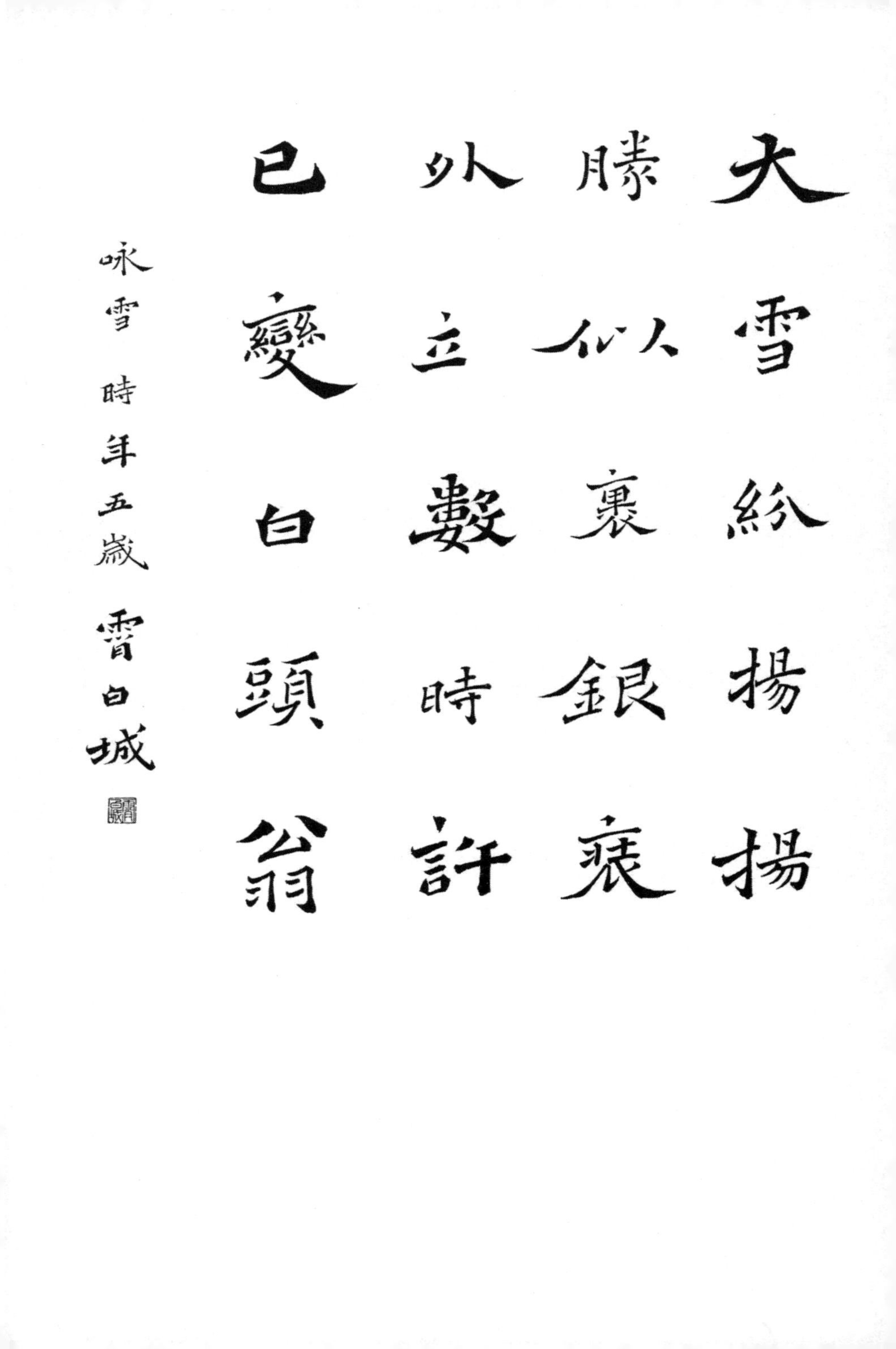

大雪紛揚揚
膝似裹銀裝
外立數時許
已變白頭翁

詠雪 時年五歲 霄白城

咏雪

大雪纷扬扬，
胜似裹银装。
外立数时许，
已变白头翁！

时年五岁

世上多情有幾人如河
如浪亦如雲是誰撒下
相思網々瘦魚肥屢
多擒

偶思 時年十八歲
霄白城

偶思

世上多情有几人?
如河如浪亦如云。
是谁撒下相思网,
网瘦鱼肥屡多擒。

时年十八岁

三月笛聲伴晚霞一江
兩岸燕栖沙微風拂
面春將至轉眼人間遍
地花

黃昏嫩江行 時年十九歲 霄白城

黄昏嫩江行

三月笛声伴晚霞，
一江两岸燕栖沙。
微风拂面春将至，
转眼人间遍地花。

时年十九岁

第二章　时节诗

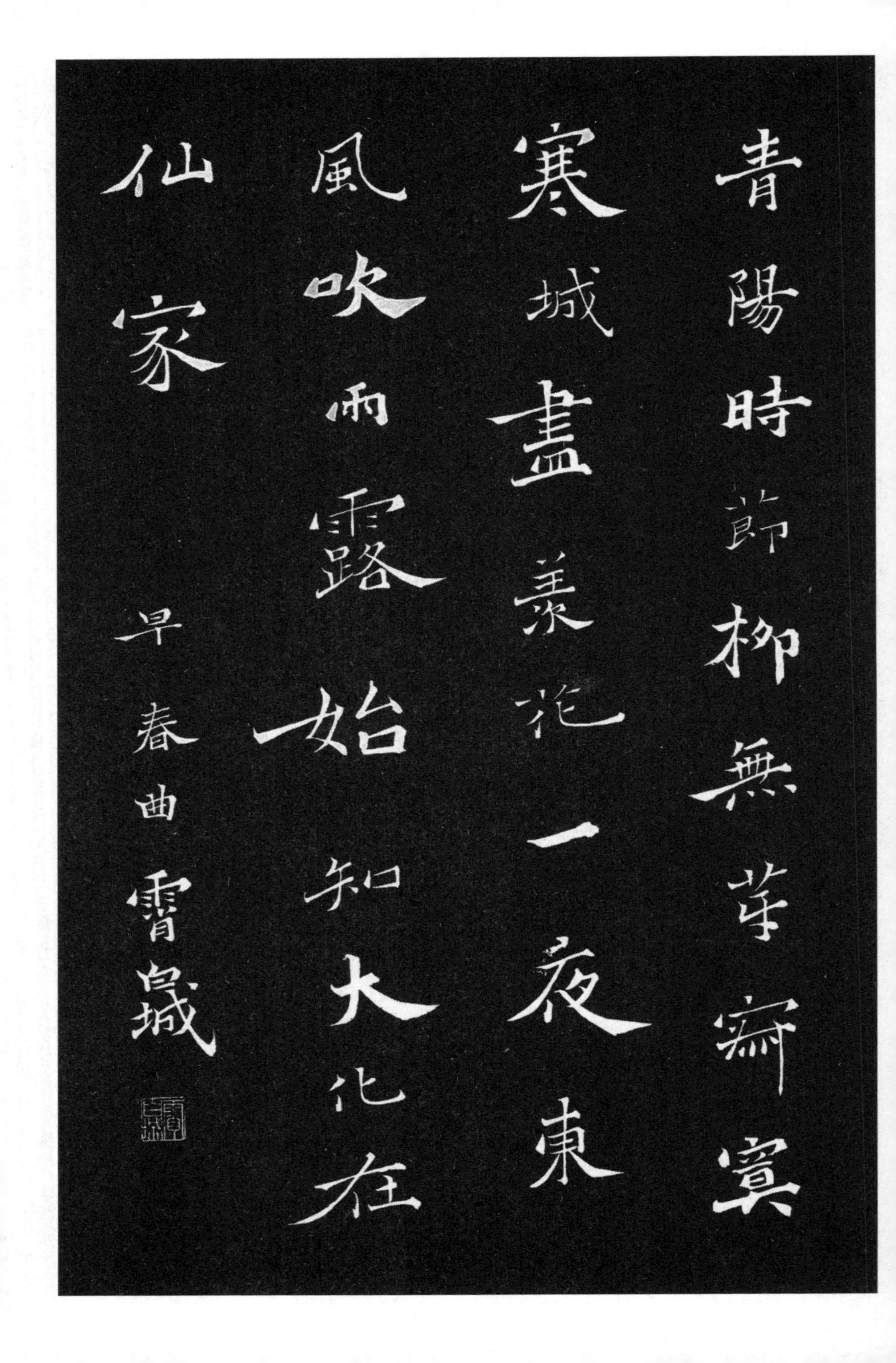

青陽時節柳無芽寂寞
寒城盡羕花一夜東
風吹雨露始知大化在
仙家

早春曲 雪宧識

早春曲

青阳时节柳无芽，

寂寞寒城尽羡花。

一夜东风吹雨露，

始知大化在仙家。

九盡龍伍蟄戶開桃苞未
醒雨花來少年一盞秋
發釀快馬輕刀不可
猜

驚蟄 雷白城

惊蛰

九尽龙低蛰户开，

桃花未醒雨花来。

少年一盏桃花酿，

快马轻刀不可猜！

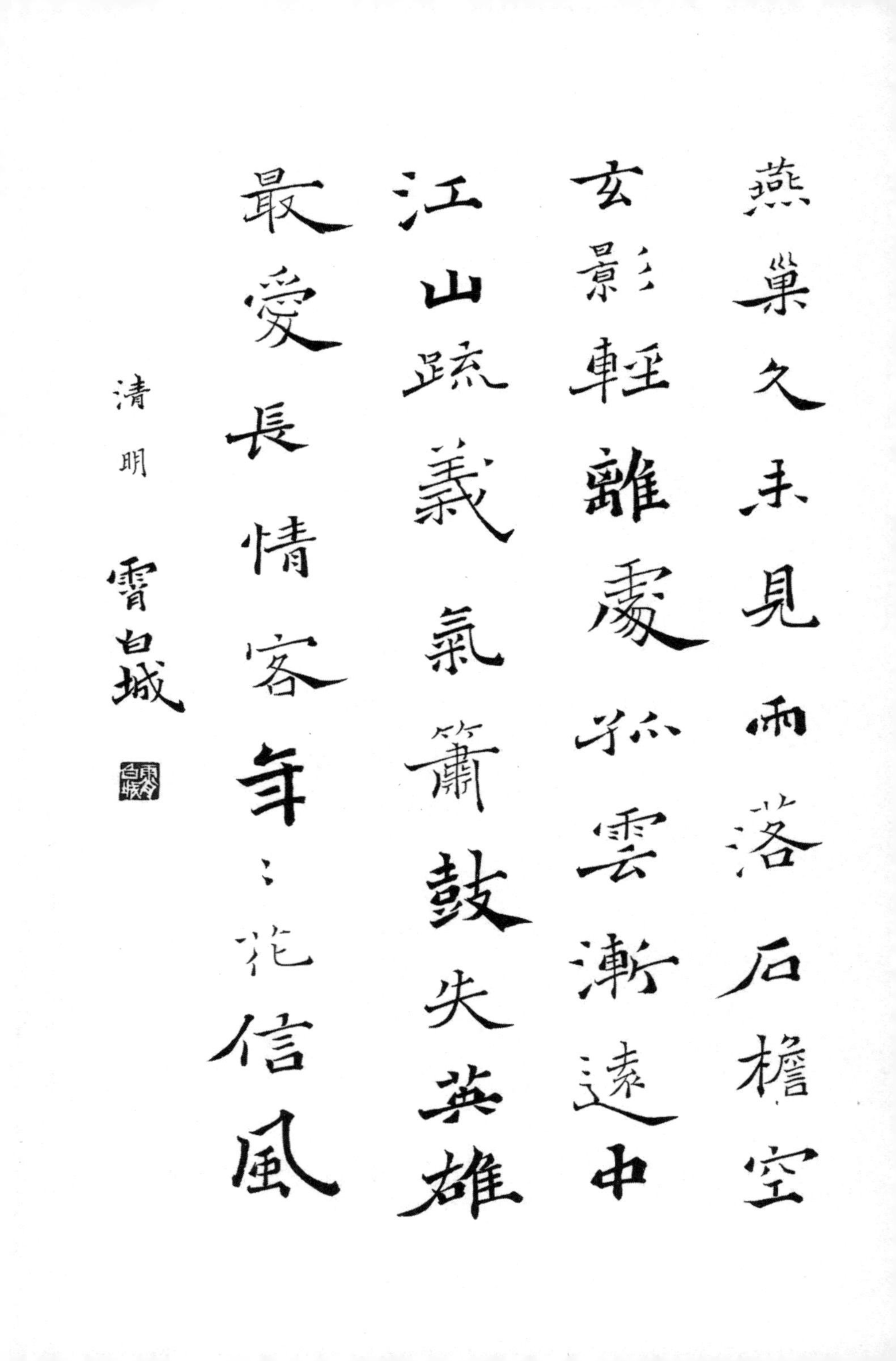

燕巢久未見
雨落石檐空
玄影輕離處
孤雲漸遠中
江山蹤義氣
簫鼓失英雄
最愛長情客
年年花信風

清明

霄白城

清明

燕巢久未见，
雨落石檐空。
玄影轻离处，
孤云渐远中。
江山疏义气，
箫鼓失英雄。
最爱长情客，
年年花信风。

花滿青枝負重多少年
不解謫仙歌人生一
醉化滄海兩忘江湖風
與波

谷雨
霄白城

谷雨

花满青枝负重多，

少年不解谪仙歌。

人生一醉化沧海，

两忘江湖风与波。

何初夏
蘭雨過
處先生
立夏
霄

立夏

如人问我何初夏，

黄草间青二月兰。

雨过谁知龙去处？

先生几赠忘忧丹。

蟬聲別海棠雨葉遇初黃
偶問酒家或言森梓郎
天涯子壽句明月東坡章
大夢三千界安心是故鄉

中秋 霄白城

中秋

蝉声别海棠，
雨叶遇初黄。
偶问酒家客，
或言桑梓郎。
天涯子寿句，
明月东坡章。
大梦三千界，
安心是故乡。

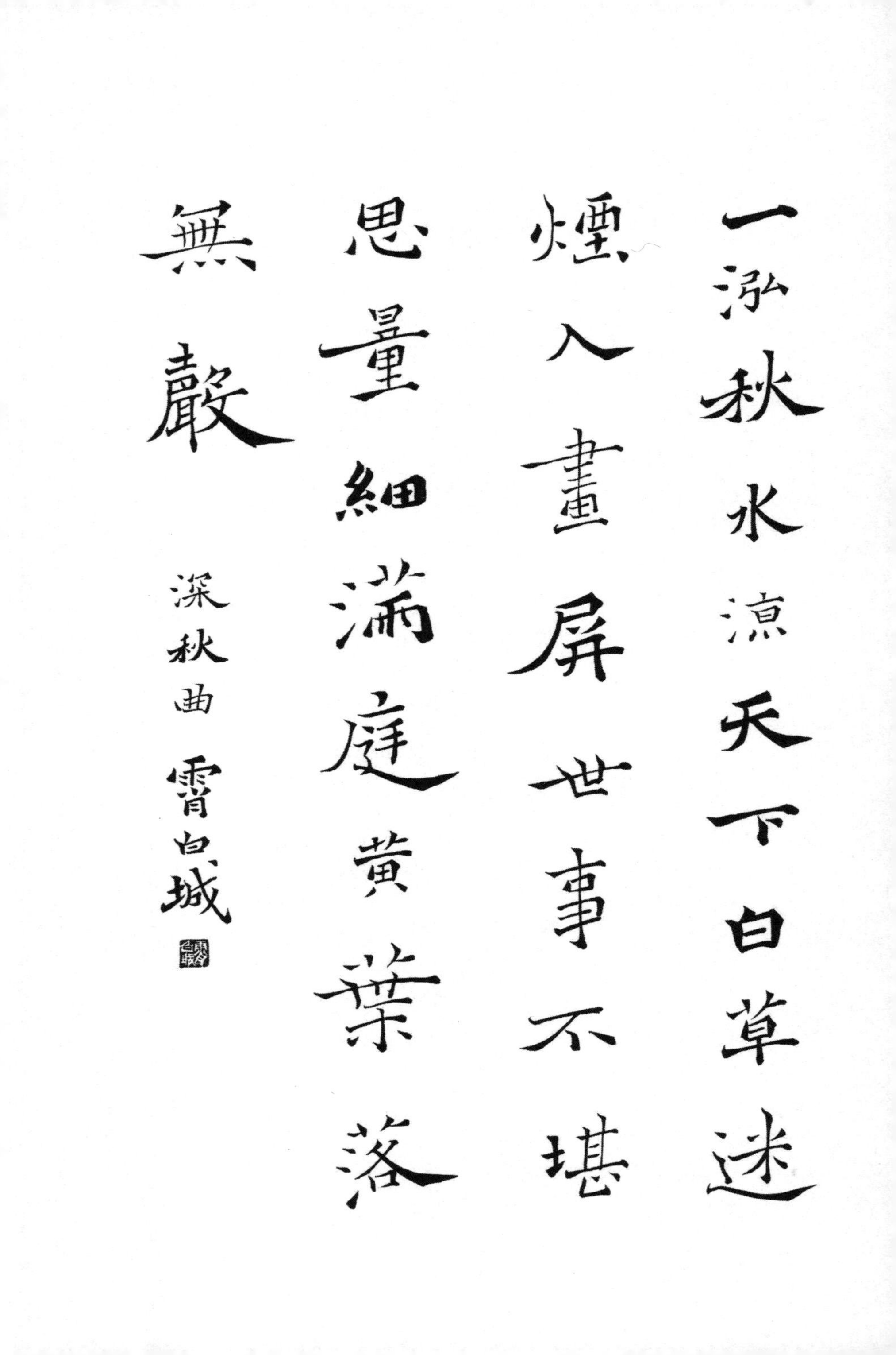

一泓秋水涼天下白草迷
煙入畫屏世事不堪
思量細滿庭黃葉落
無數

深秋曲

霄白城

深秋曲

一泓秋水凉天下，

白草迷烟入画屏。

世事不堪思量细，

满庭黄叶落无声！

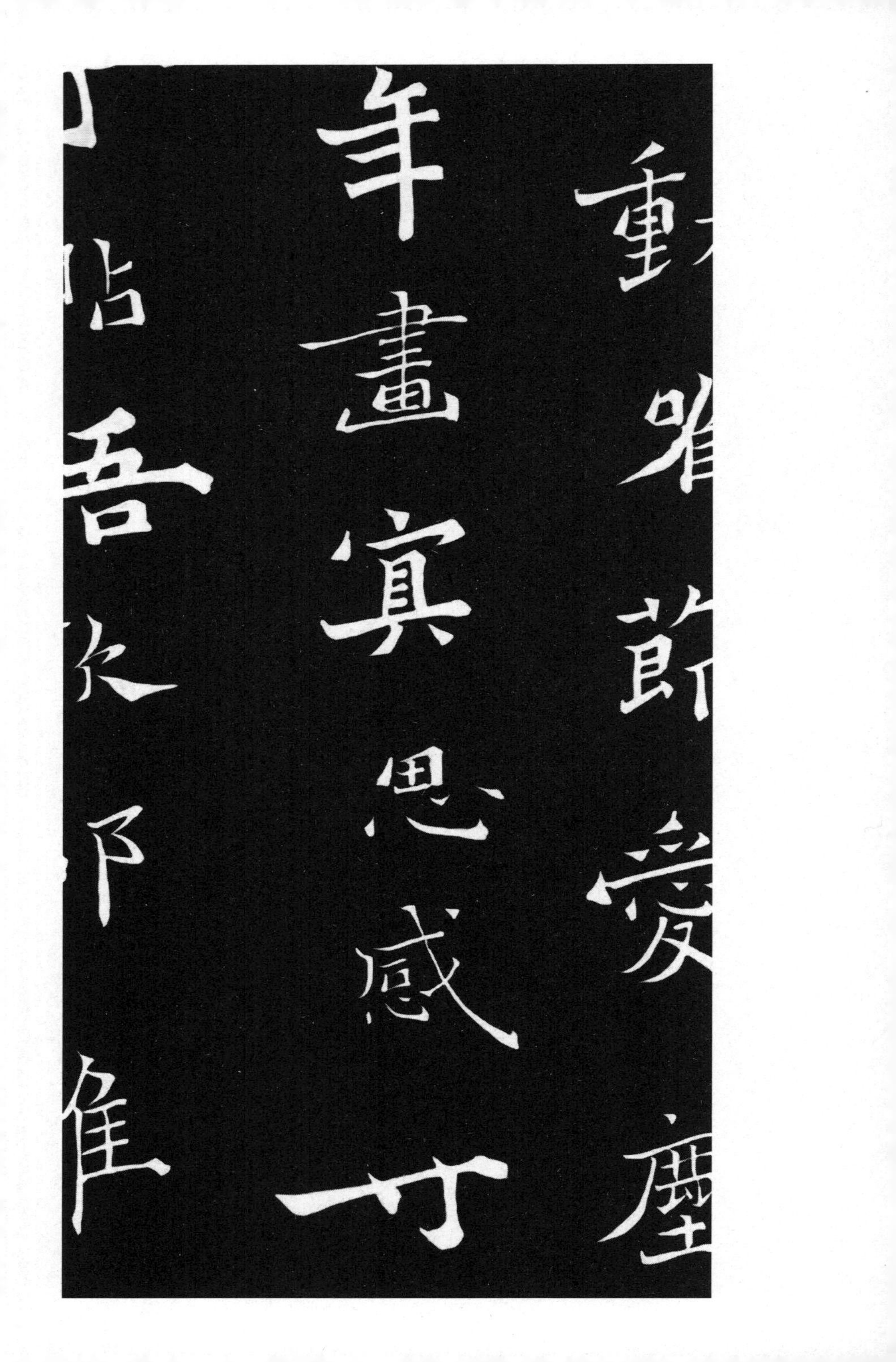

動唯節愛歷
年畫眞思感寸
日貼吾秋郎雁

大寒

入冬无所动，
唯节爱尘音。
麈尾拂年画，
冥思感寸阴。
轻翻褚子帖，
晤叹邵雍吟。
万物纵萧肃，
梅花别处寻。

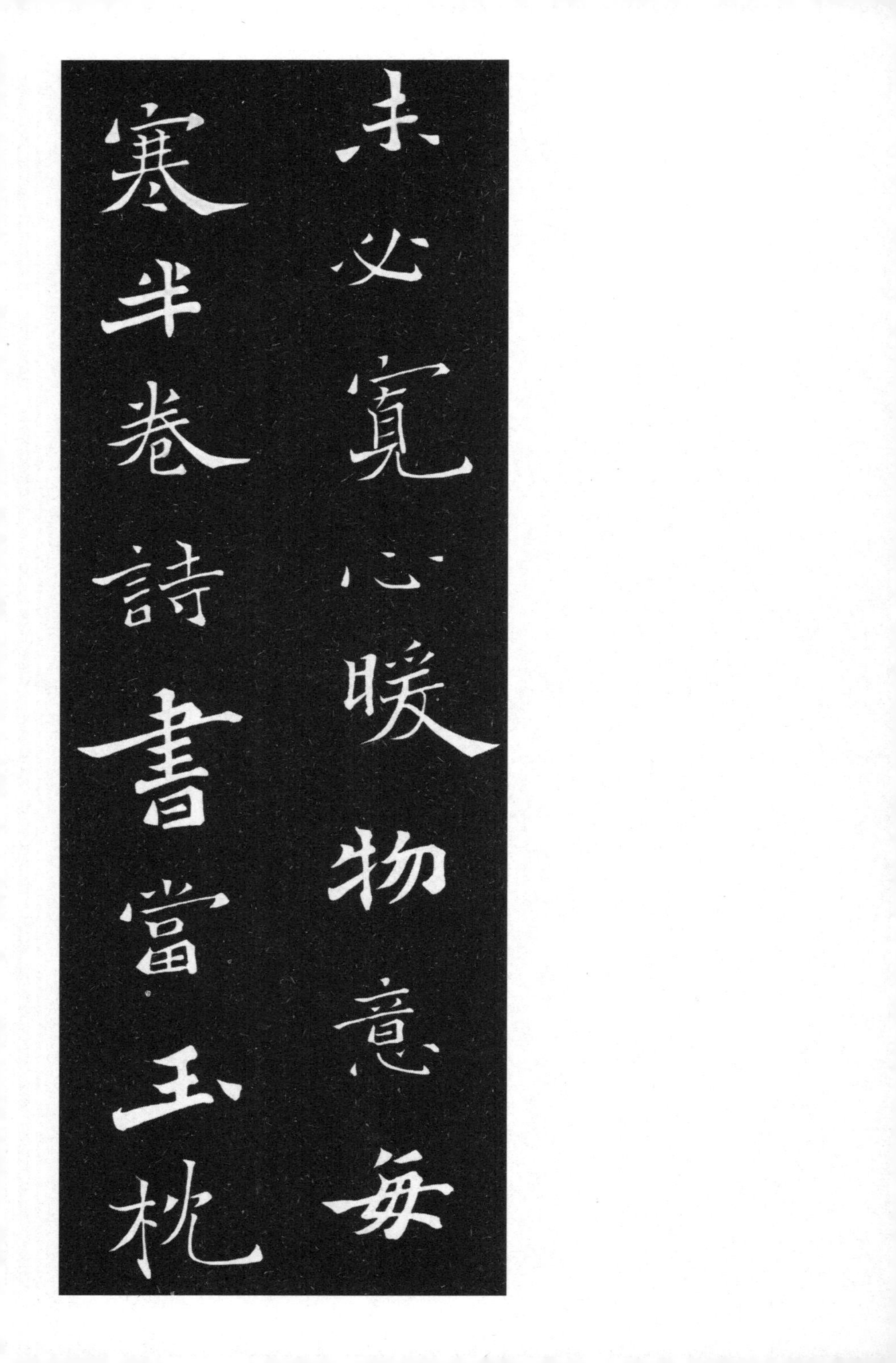

未必寬心暖物意每
寒半卷詩書當玉枕

题小年

尺寸年光指上弹，
行人逆旅两相安。
人情未必宽心暖，
物意每能慰我寒。
半卷诗书当玉枕，
一轮明月照幽兰。
近年所幸无辜负，
秋水文章梦里欢。

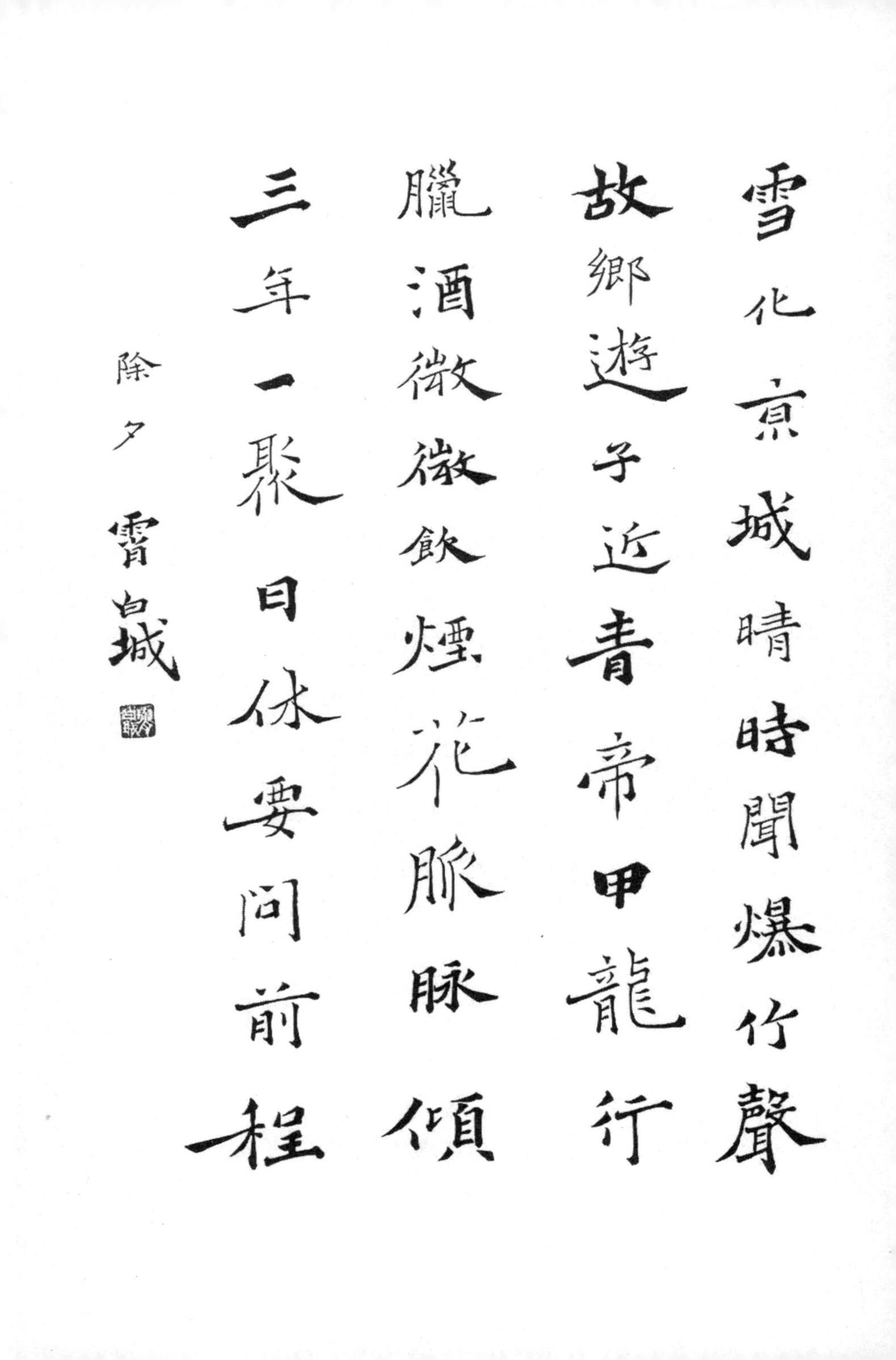

雪化京城晴時聞爆竹聲
故鄉遊子近青帝甲龍行
臘酒微微飲煙花脉脉傾
三年一聚日休要问前程

除夕

霄白城

除夕

雪化京城晴，
时闻爆竹声。
故乡游子近，
青帝甲龙行。
腊酒微微饮，
烟花脉脉倾。
三年一聚日，
休要问前程。

燕地氣猶寒元宵少畫欄
河魚三候樂客鵲九枝歡
尺案十分醉天涯一問安
年華何所守明月照衣冠

元夕　霄白城

元夕

燕地气犹寒，

元宵少画栏。

河鱼三候乐，

客鹊九枝欢。

尺案十分醉，

天涯一问安。

年华何所守，

明月照衣冠。

第三章　行吟诗

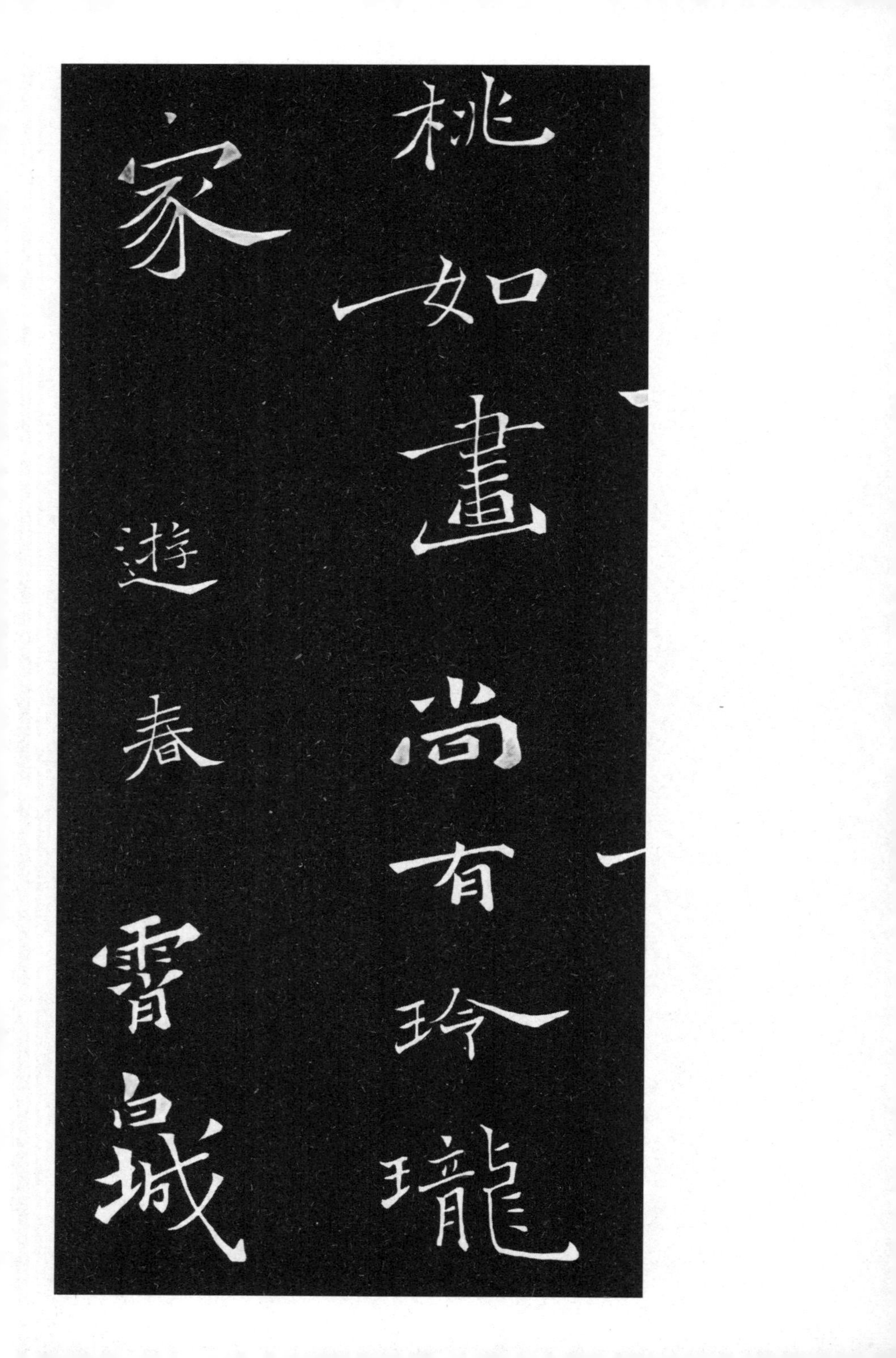

桃如畫尚有玲瓏

家

遊春

霄白城

游春

斜倚青石叹落霞，

文章宝剑且归匣。

梨衣眠雪桃如画，

尚有玲珑女子家。

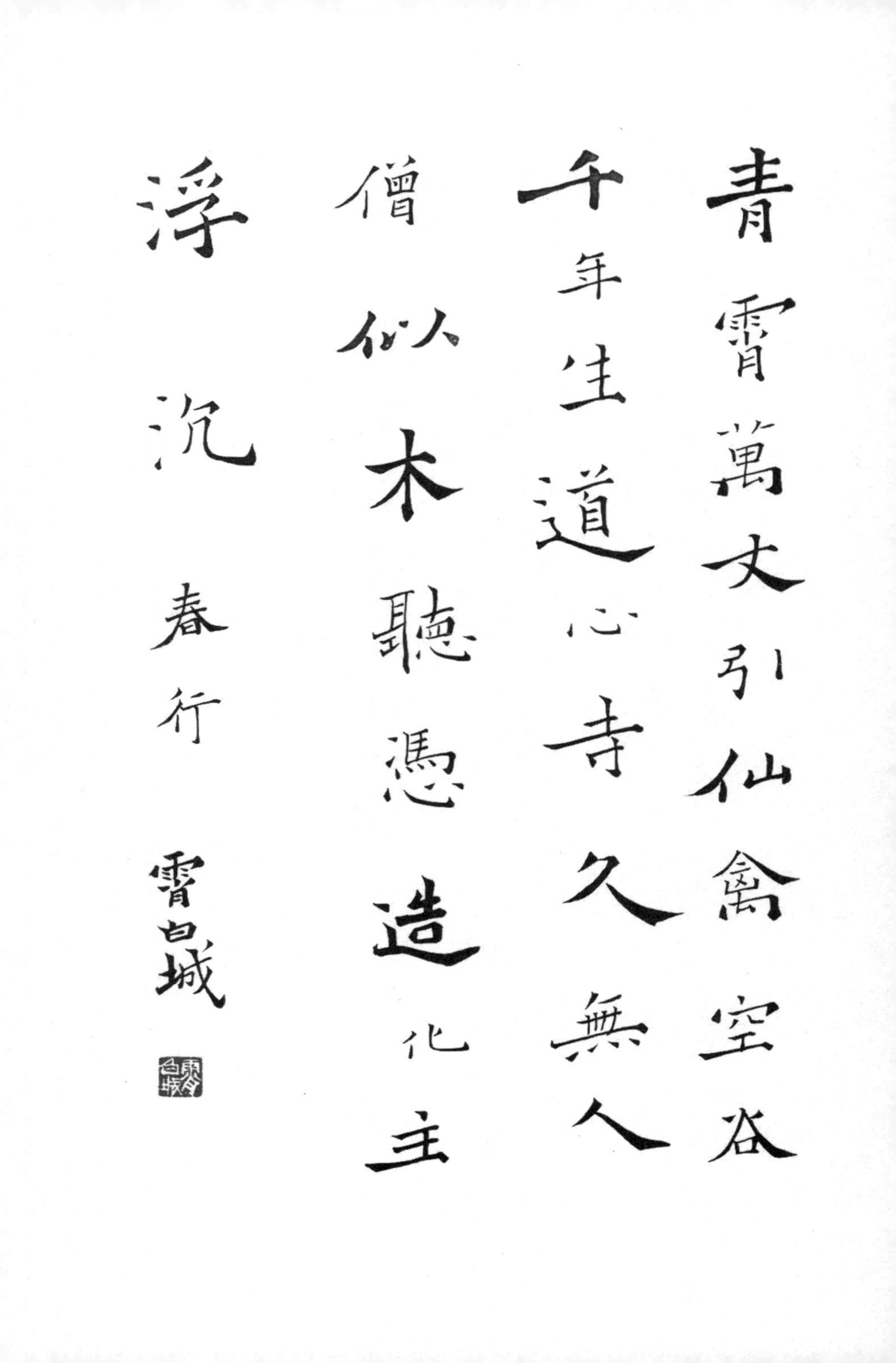

青霄萬丈引仙禽
空谷千年生道心
寺久無人僧似木
聽憑造化主浮沉

春行

霄白城

春行

青霄万丈引仙禽，
空谷千年生道心。
寺久无人僧似木，
听凭造化主浮沉。

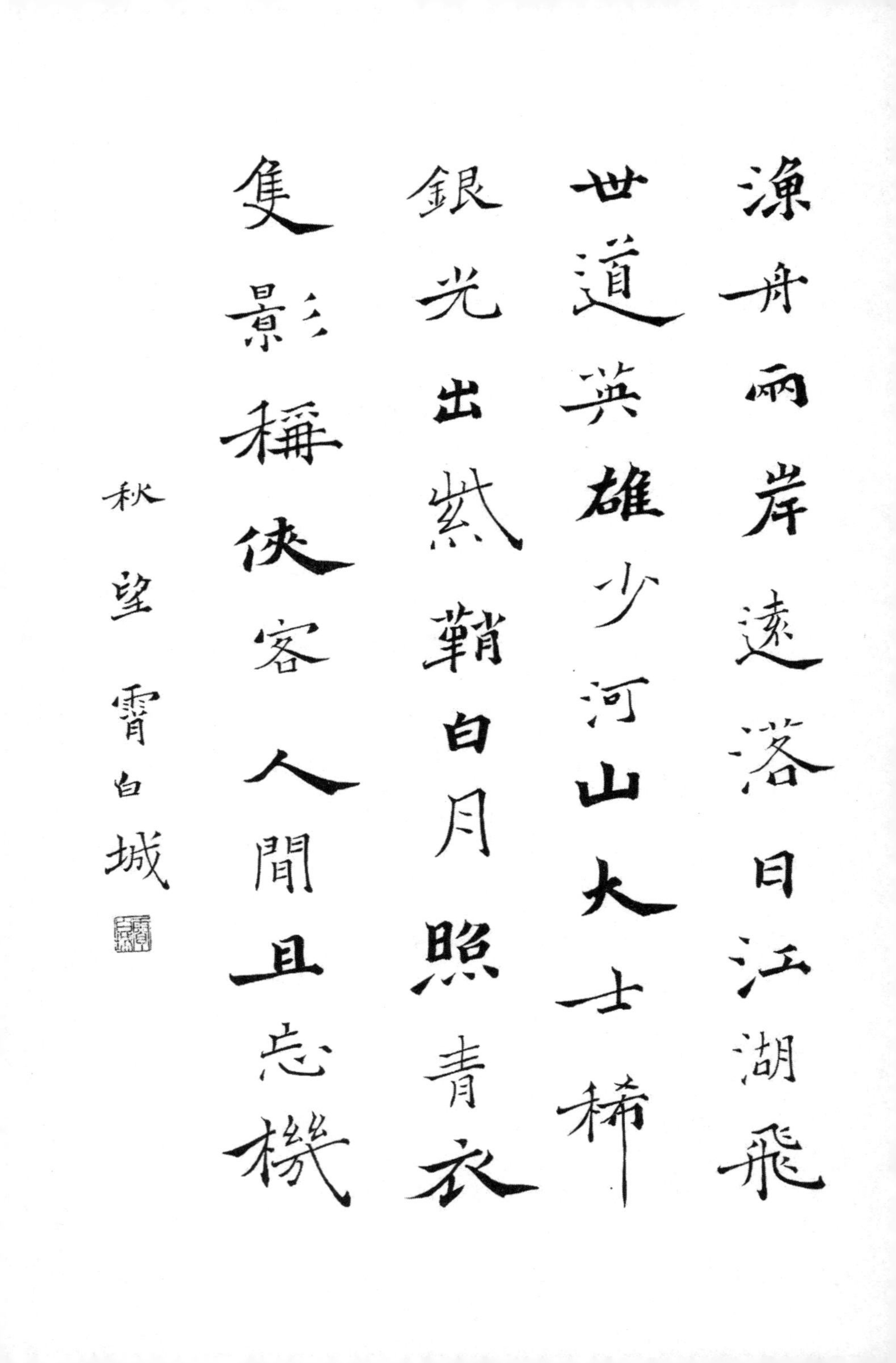

漁舟兩岸遠落日江湖飛
世道英雄少河山大士稀
銀光出紫鞘白月照青衣
隻影〻稱俠客人間且忘機

秋望 霄白城

秋望

渔舟两岸远，
落日江湖飞。
世道英雄少，
河山大士稀。
银光出紫鞘，
白月照青衣。
只影称侠客，
人间且忘机！

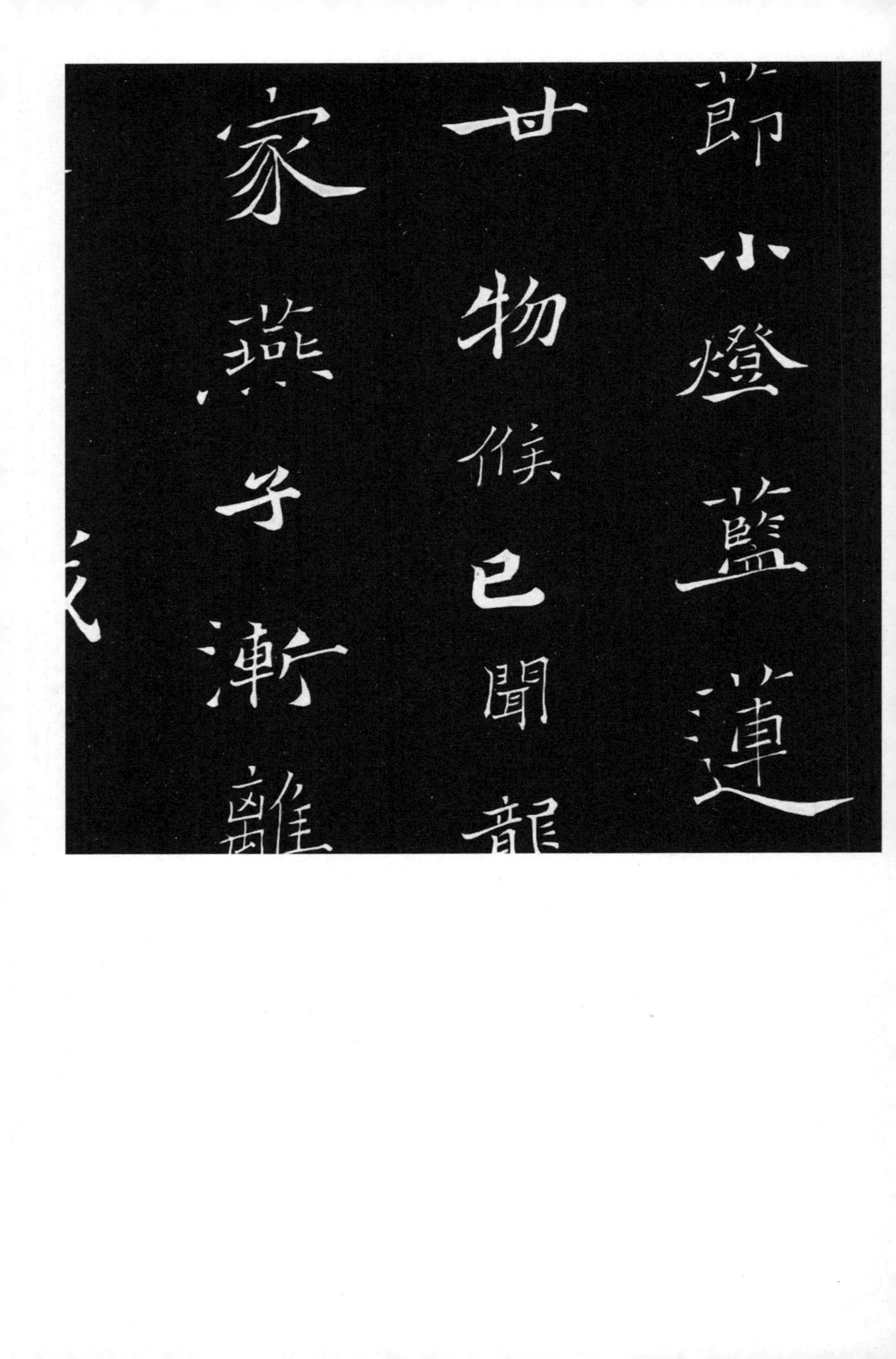

節小燈籃蓮
廿物候已聞龍
家燕子漸離

午门怀想

大寒时节小灯蓝，

莲子花生枣栗甘。

物候已闻垄亩语，

谁家燕子渐离南？

青龍橋下清江水入夜每聞雜
鼓聲雨露如絲清肺腑風塵
何必染山城結連過客頻沽酒遍
踏烟霄屢问情白馬將軍令去遠
更無張珙與鶯鶯

東河述懷

霄白城

柬河述怀

青龙桥下清江水，

入夜每闻杂鼓声。

雨露如能清肺腑，

风尘何必染山城？

结连过客频沽酒，

遍踏烟霄屡问情。

白马将军今去远，

更无张珙与莺莺！

無關唐宋不曰弦獨憶春風度
九年丹鳳含書輕騄浪玉龍落
甲遁林泉白雲已記三千句碧水
深藏十萬牋黄鶴一飛塵夢遠
青龍橋下柳如烟

再題康河

霄白城

再题柬河

无关唐宋不因弦，

独忆春风度九年。

丹凤含书轻骇浪，

玉龙落甲遁林泉。

白云已记三千句，

碧水深藏十万笺。

黄鹤一飞尘梦远，

青龙桥下柳如烟。

漁鼓風簫拂塔鈴深山大海一時
聽曉星縈念麒麟閣落照開懷
放鶴亭魏闕千年雄者路好花
十里布衣屏紛繁槐序書何句
雲在青天水在瓶

開封鐵塔湖畔重聆道情曲 霄白城

开封铁塔湖畔重聆《道情》曲

渔鼓风箫拂塔铃，
深山大海一时听。
晓星萦念麒麟阁，
落照开怀放鹤亭。
魏阙千年雄者路，
好花十里布衣屏。
纷繁槐序书何句？
云在青天水在瓶。

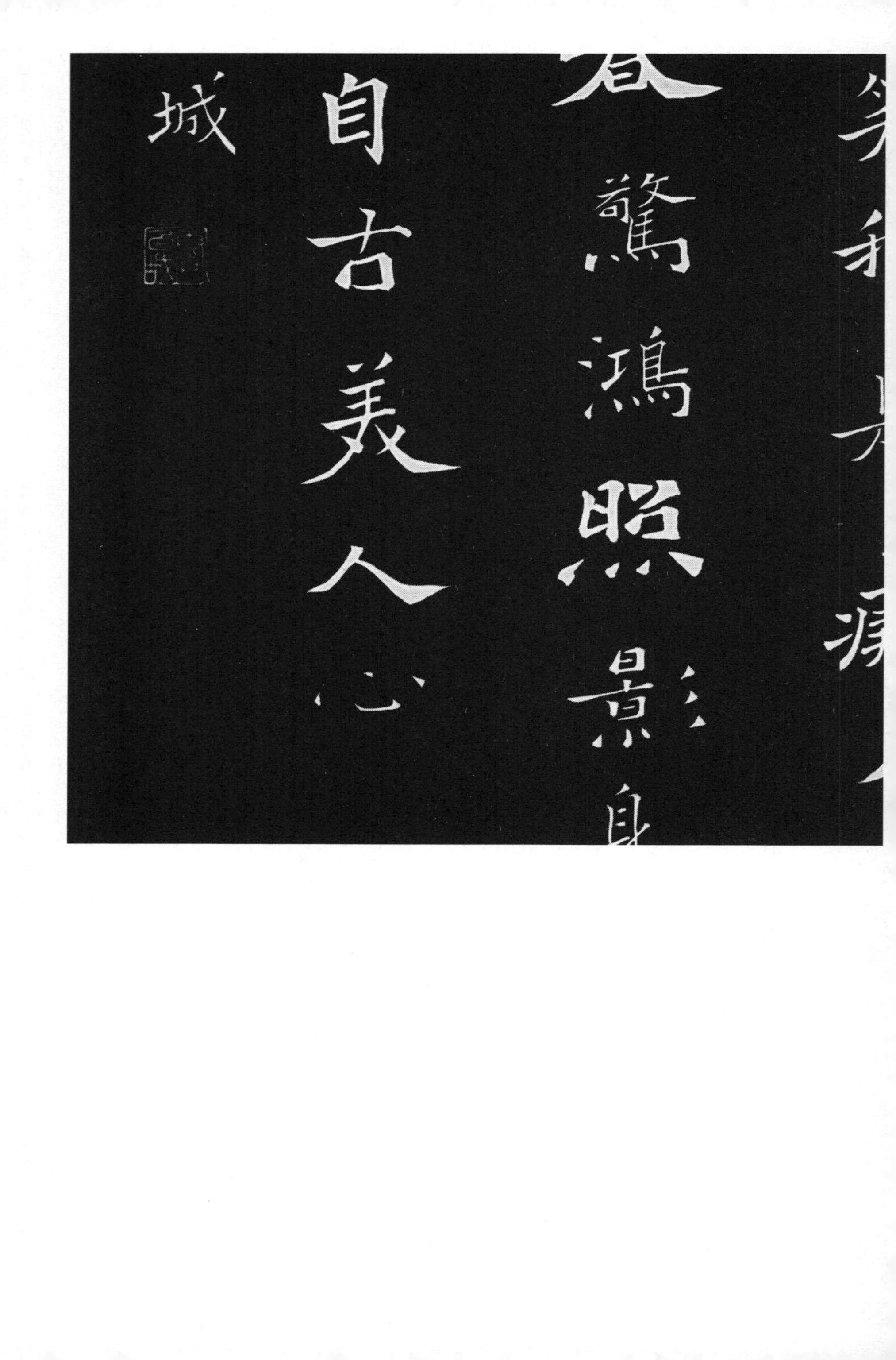

春
驚鴻照影
自古美人心
城

无题

三万风尘路，
未及一念辛。
问他摇不语，
笑我是痴人。
倦鸟思归暮，
惊鸿照影身。
诛魂非药蛊，
自古美人心。

第四章　寄赠诗

燈火照書亭
先生語動聽
依依桃李夢
散作滿天星

詩寄程曼麗院長　霄白城

诗寄程曼丽院长

灯火照书亭，

先生语动听。

依依桃李梦，

散作满天星。

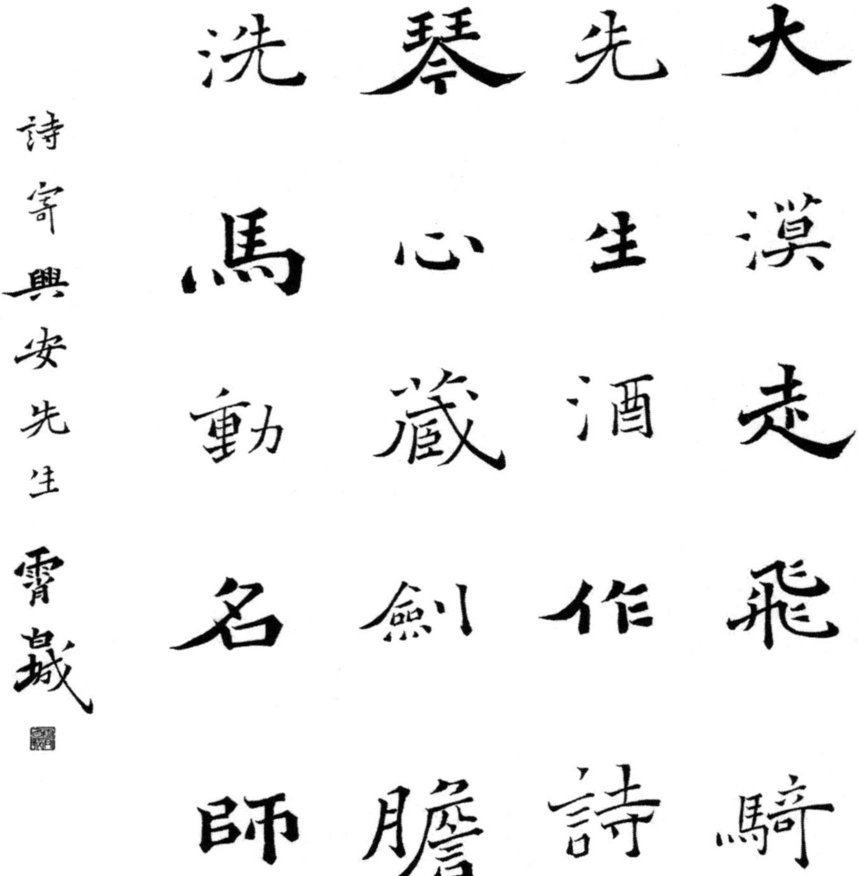
大漠走飛騎
先生酒作詩
琴心藏劍膽
洗馬動名師
詩寄興安先生

诗寄兴安先生

大漠走飞骑，

先生酒作诗。

琴心藏剑胆，

洗马动名师！

我作梅花詩
卿歌蘭雪詞
三生石上字
寂是相逢時

贈劉林木木
霄白城

赠刘林（木木）

我作梅花诗，

卿歌兰雪词。

三生石上字，

最是相逢时。

第五章　题物诗

江南久隱玲瓏手造化能奪高野侯蹈跡塵砂成大器茂陵石馬共千秋

觀建偉先生造梅莊壺 霄白城

观建伟先生造梅桩壶

江南久隐玲珑手，
造化能夺高野侯。
蹈迹尘砂成大器，
茂陵石马共千秋。

白鹿隱秋雨
桐花堪可憐
惜它深入骨
從我布衣邊

題馬建偉製子冶壺 霄白城

题马建伟制子冶壶

白鹿隐秋雨，

桐花堪可怜。

惜它深入骨，

从我布衣边。

黃亭舊隱客
白雪桃花爐
燈火十年夢
相因煮一壺

題馬建偉製德鍾壺
霄白識

题马建伟制德钟壶

黄亭旧隐客，

白雪桃花炉。

灯火十年梦，

相因煮一壶。

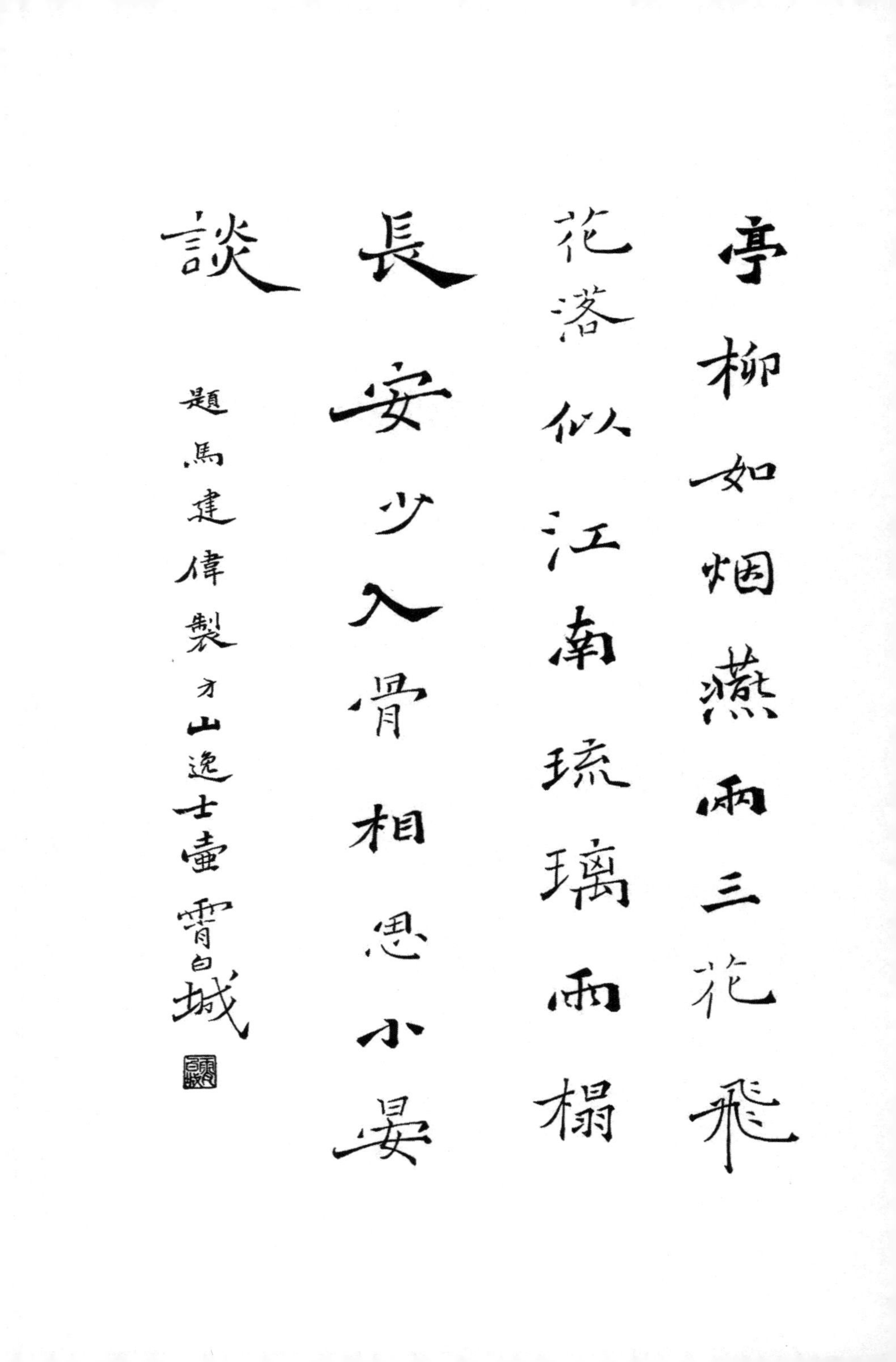

亭柳如烟燕雨三花飛
花落似江南琉璃雨榻
長安少入骨相思小晏
談

題馬建偉製 才 山逸士壼霄 白 城

题马建伟制方山逸士壶

亭柳如烟燕两三，

花飞花落似江南。

琉璃雨榻长安少，

入骨相思小晏谈。

蔡照庭萱南國茶詩題
壺壁駐京華大陶刀筆
江南意馬氏擣砂散
紫霞

題馬建偉製大彬如意三足鼎壺霄白城

题马建伟制大彬如意三足鼎壶

藜照庭萱南国茶，

诗题壶壁驻京华。

禾陶刀笔江南意，

马氏抟砂散紫霞。

蕭〻竹葉隱風流已下江南十二州紫氣因情歌紙筆烟波動我夢扇樓

題馬建偉製斜竹壺 霄白城

题马建伟制斜竹壶

潇潇竹叶隐风流，

已下江南十二州。

紫气因情歇纸笔，

烟波动我梦扇楼。

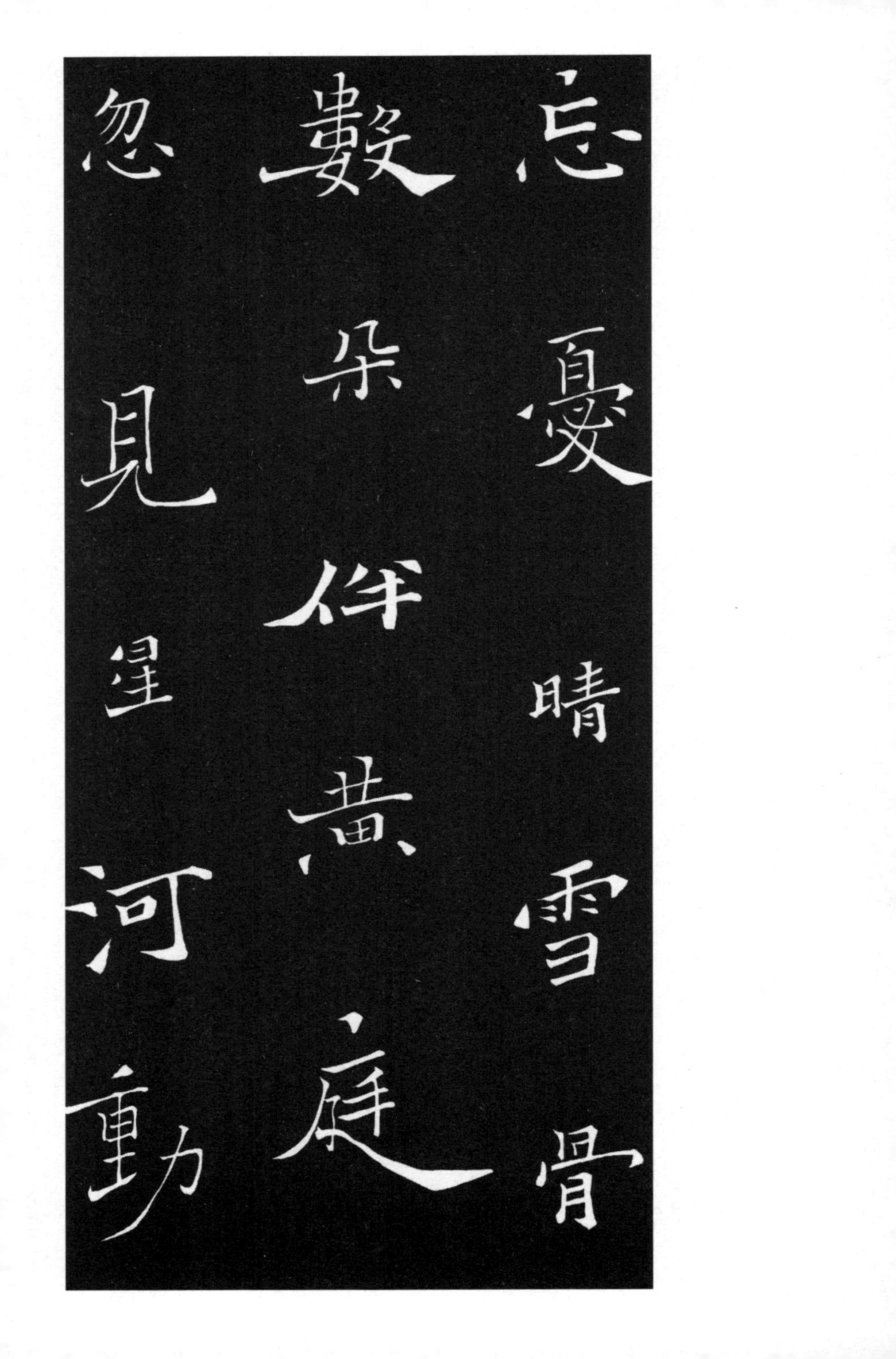

忘憂晴雪骨
數朵伴黃庭
忽見星河動

题马晨熙制梅报春壶

忘忧晴雪骨，

数朵伴黄庭。

忽见星河动，

明年花满亭。

霄漢星河搖
白衣學道家
城樓聞燕語
壺角種梅花

題馬晨熙製梅報春壺 霄白城

题马晨熙制梅报春壶

霄汉星河摇，

白衣学道家。

城楼闻燕语，

壶角种梅花。

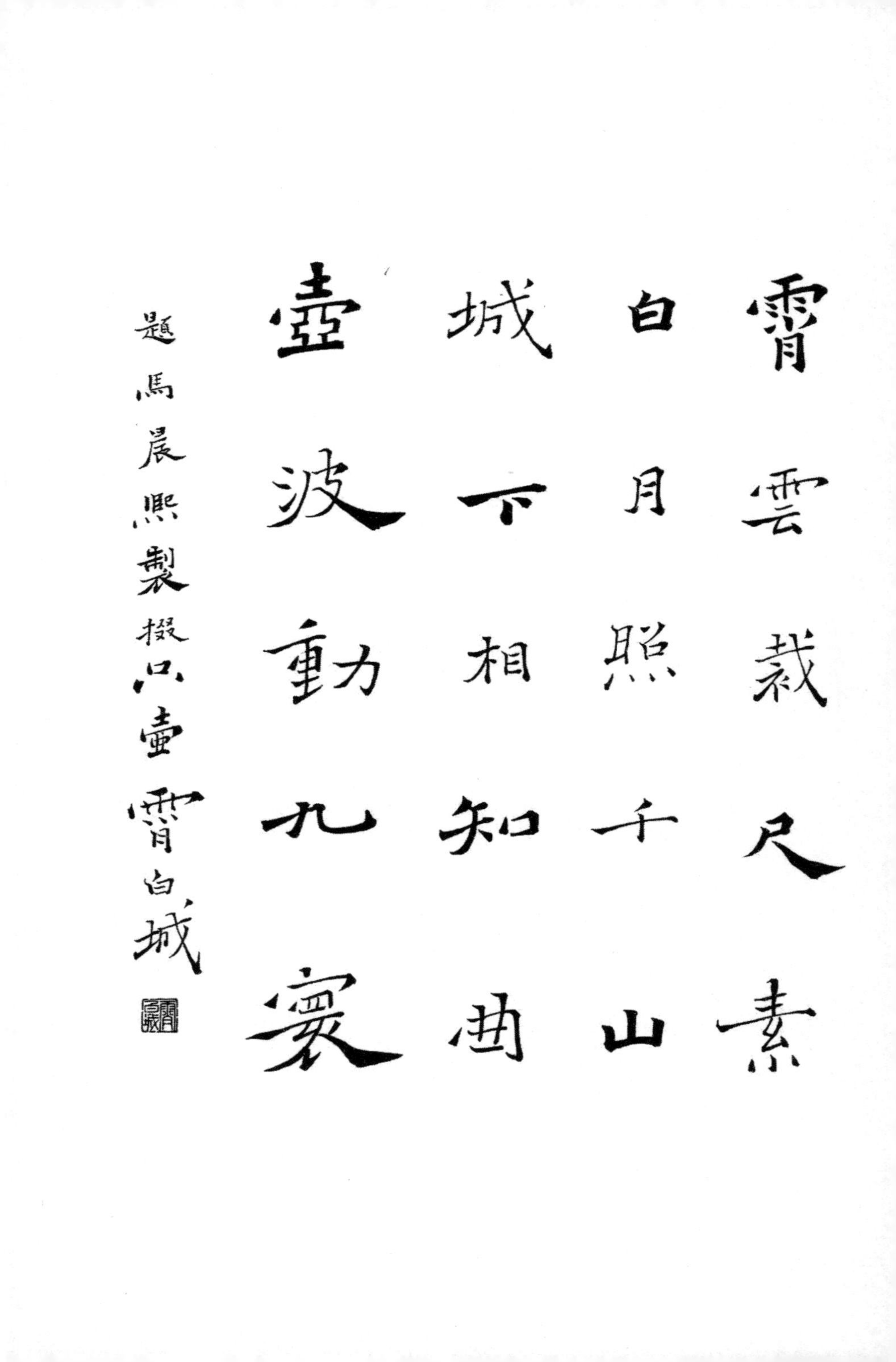

霄雲裁尺素
白月照千山
城下相知曲
壺波動九寰

題馬晨熙製
掇只壺霄白城

题马晨熙制掇只壶

霄云裁尺素，

白月照千山。

城下相知曲，

壶波动九寰。

遇見江南尋絳草相逢
仙子種蟠桃許知山海
無情處落照天青慰
白袍

題馬晨熙製桃報春畫
霄白城

题马晨熙制桃报春壶

遇见江南寻绛草，

相逢仙子种蟠桃。

许知山海无情处，

落照天青慰白袍。

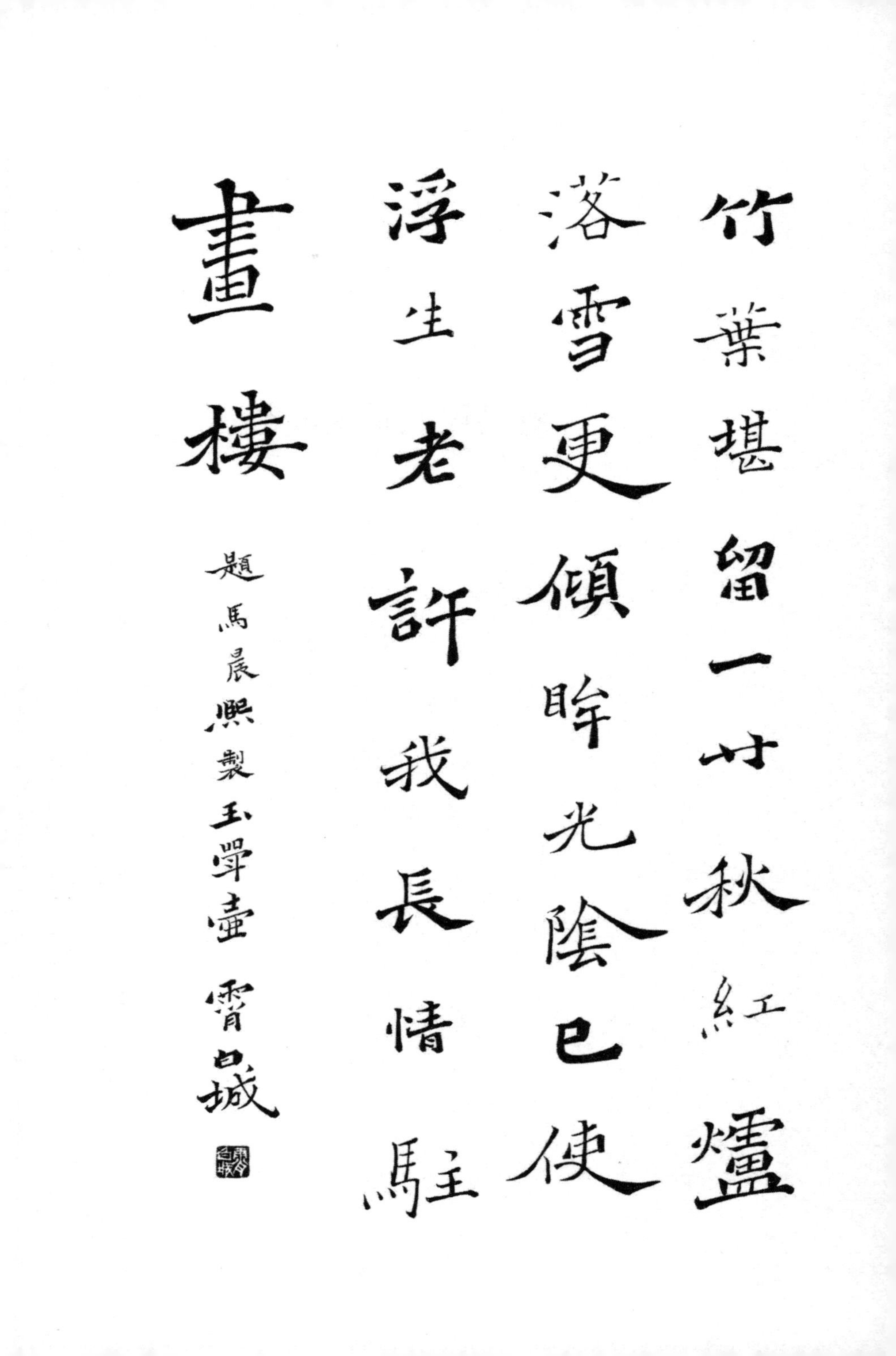

竹葉堪留一寸秋
紅爐落雪更傾眸
光陰已使浮生老
許我長情駐畫樓

題馬晨熙製玉斝壺 霄白城

题马晨熙制玉斝壶

竹叶堪留一寸秋，

红炉落雪更倾眸。

光阴已使浮生老，

许我长情驻画楼。

晨熙妙作折蟾桂烟雨
江南葉落遲造物人間歌
不盡太湖燈火暎娥
眉

題馬晨熙製磔扁壺 霄白城

题马晨熙制磉扁壶

晨熙妙作折蟾桂，

烟雨江南叶落迟。

造物人间歌不尽，

太湖灯火映娥眉！

玉竹無心節自高斑衣也可動英
豪青刀巧造雲妃骨雪紙輕裁
士子袍漸覺詩書凝汝魄遐
思道範遺狼毫入間一尺清風
在甘為蒼生犬馬勞

題日月七星靈芝紋湘妃竹尺扇 霄白城

题日月七星灵芝纹湘妃竹尺扇

玉竹无心节自高，

斑衣也可动英豪。

青刀巧造云妃骨，

雪纸轻裁士子袍。

渐觉诗书凝汝魄，

遐思道范遣狼毫。

人间一尺清风在，

甘为苍生犬马劳！

第六章 遣兴诗

江南弓海棠瑞草
长桥依旧四风月情
去年滴布衣

海棠　雪□城

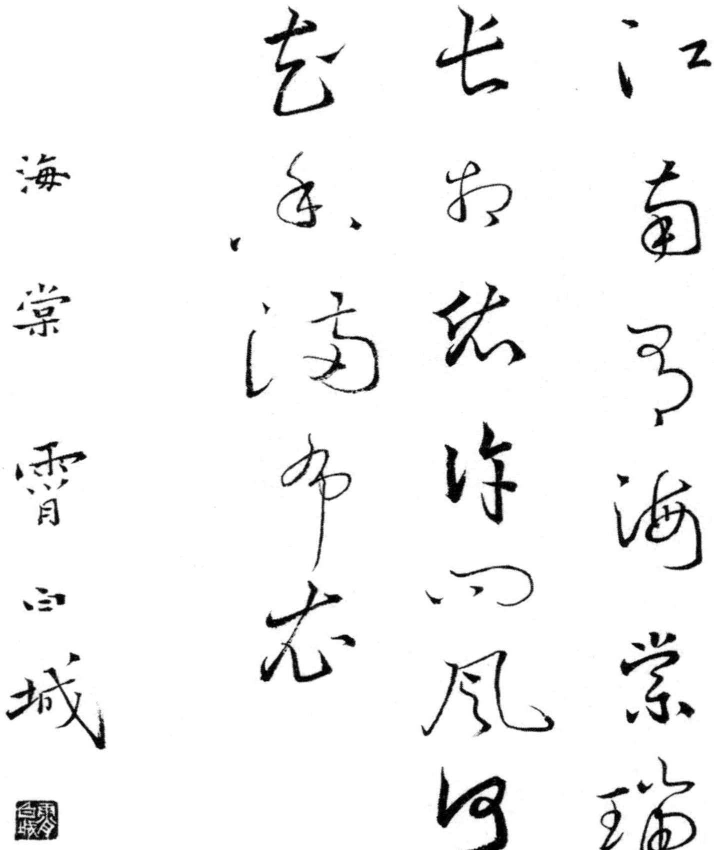

海棠

江南有海棠，

瑞草长相依。

许问风何情？

花香满布衣。

秋雨黃花落
秋風雁字南
詩書夢漸少
往事已經年

無題 霄白城

无题

秋雨黄花落，
秋风雁字南。
诗书梦渐少，
往事已经年。

入夢心頭了長栖一
清音滿天星海動
明月舊庵柯

涼風曲

霄白城

凉风曲

入梦心头事，
长栖一语多。
满天星海动，
吹尽旧庭柯。

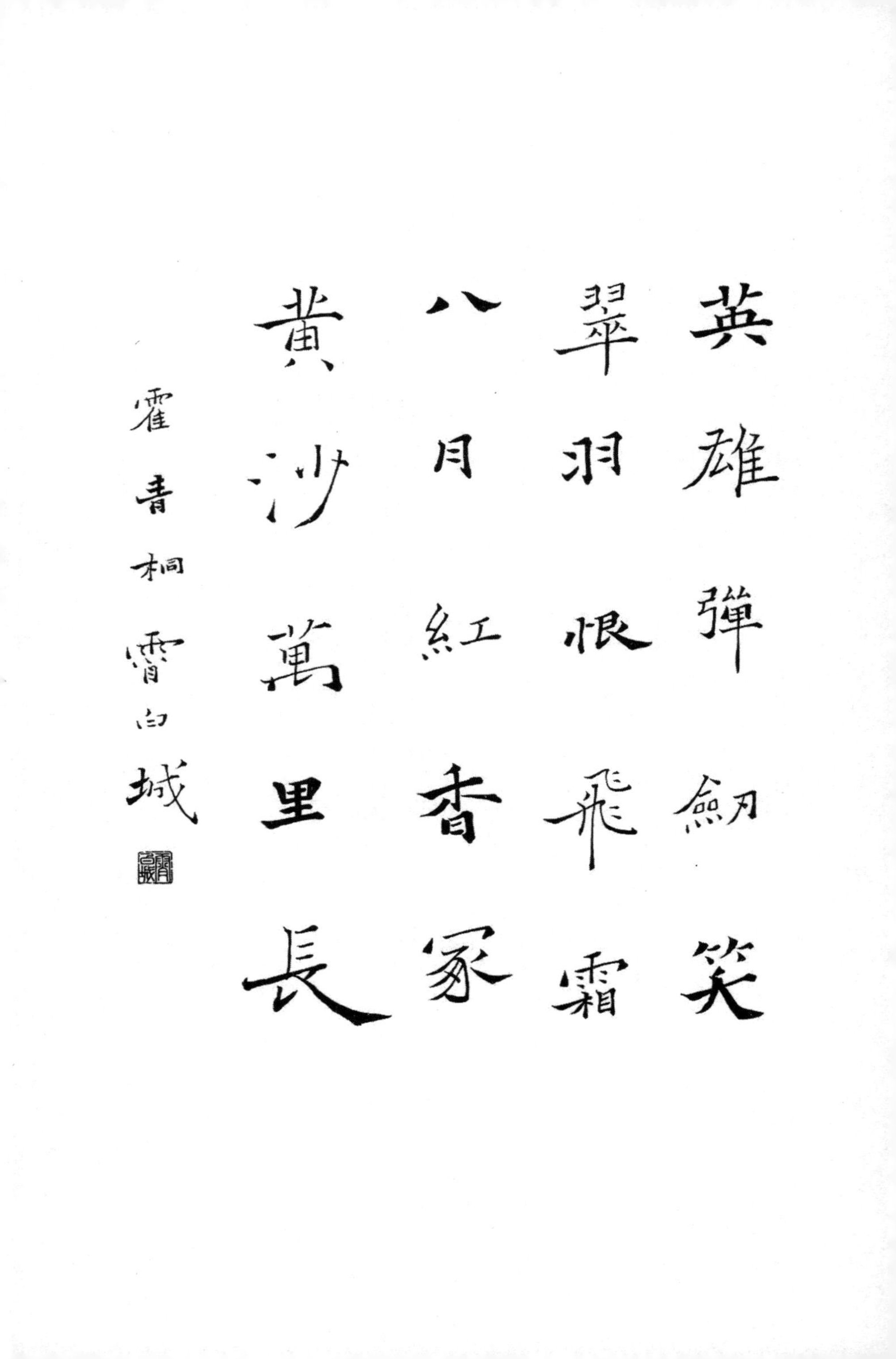

英雄彈劍笑
翠羽恨飛霜
八月紅香冢
黃沙萬里長

霍青桐霄白城

霍青桐

英雄弹剑笑，

翠羽恨飞霜。

八月红香冢，

黄沙万里长！

一曲臥龍吟十彈九淚
紅何勞問往事歲歲
人不同欲思陳誠意楊
花飛滿城

彈臥龍吟 霄白城

弹《卧龙吟》

一曲卧龙吟，
十弹九泪红。
何劳问往事，
岁岁人不同。
欲思陈诚意，
杨花飞满城。

子鸞以游軍小侯海越恕以百郡

滄海破蒼茫鸞以相如夢如雲勁絃絕

蒼石空何人如鸞以石空點不隨波去

偏偏瑰玉吹笛空鸞以寥寥雅音

見此投此惜北偈不鸞以海茫茫遍世

涯玄杰苑佳氣三浪宅

別離引　雪石城

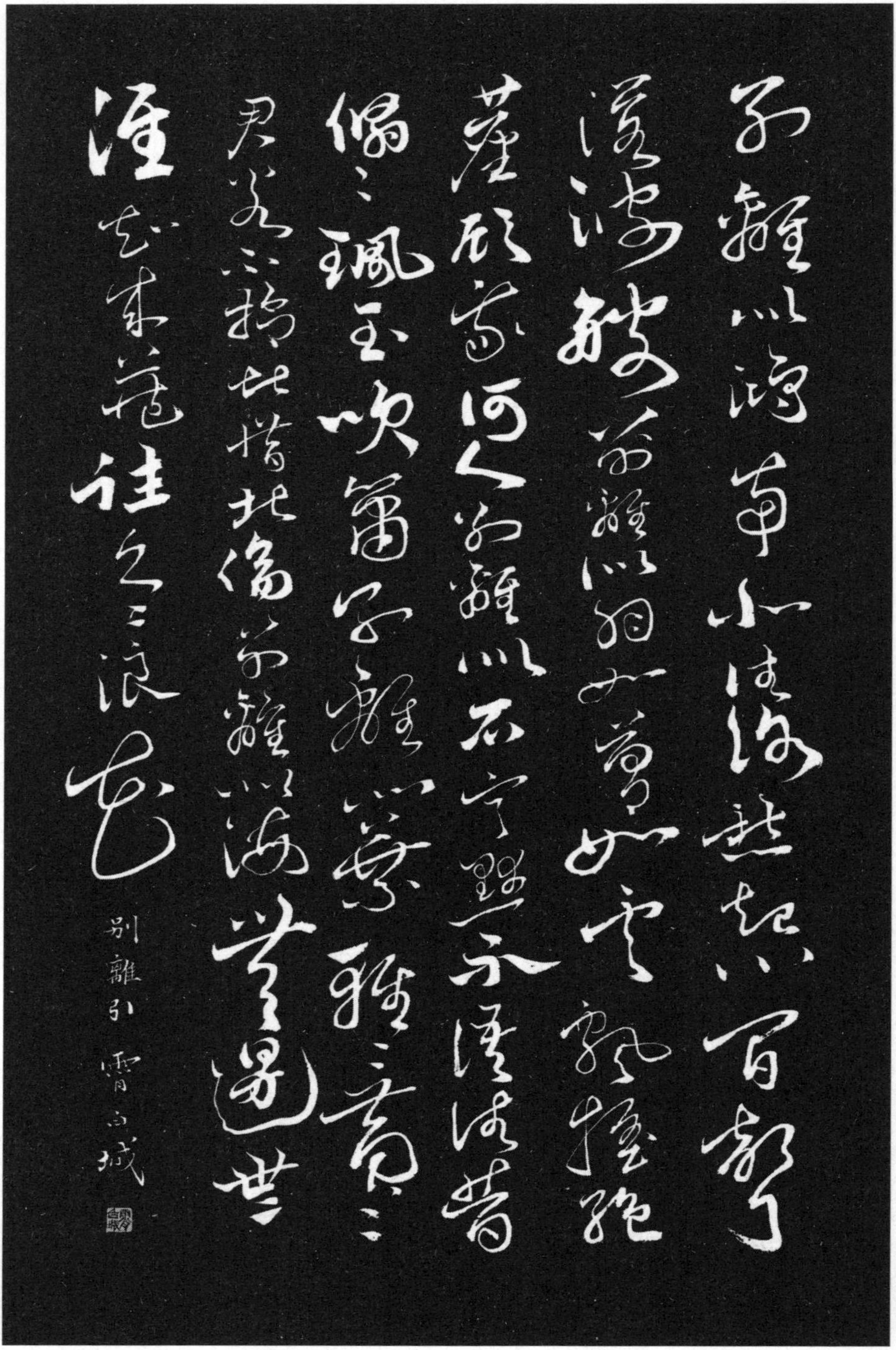

别离引

别离似鸿，南北往复。

愁起心间，声落波皱。

别离似羽，如梦如云。

飘摇绝尘，顾我何人。

别离似石，宁默不语。

往昔翛翛，佩玉吹箫。

别离似叶，轻轻黄黄。

君若不拾，堪惜堪伤。

别离似海，无边无涯。

知来藏往，久久浪花。

碧柳如烟漫卷塵花開
時節渡關津孤心盲
酒三千絮刺骨相思入
夢頻

少年思
霄白城

少年思

碧柳如烟漫卷尘，

花开时节渡关津。

孤心旨酒三千絮，

刻骨相思入梦频。

墨冊無花本自香
詩成可慰舊時光
曾因世故逢迎笑
散盡浮華滿地傷

偶感

霄白城

偶感

墨册无花本自香，

诗成可慰旧时光。

曾因世故逢迎笑，

散尽浮华满地伤。

時雨濯塵一院香煙波
荷色滿衣裳雀鳴如
磬忽如酒不笑陳王笑
蜀王

午後雨
霄白城

午后雨

时雨濯尘一院香，
烟波荷色满衣裳。
雀鸣如磬亦如酒，
不笑陈王笑蜀王。

樓白可書千里雁葉黃
誰記五更詩謫仙人百
代無眠夜明月如簫俠
客骨

晚燈歎霄白城

晚灯叹

楼白可书千里雁，

叶黄谁记五更诗。

谪仙百代无眠夜，

明月如箫侠客卑。

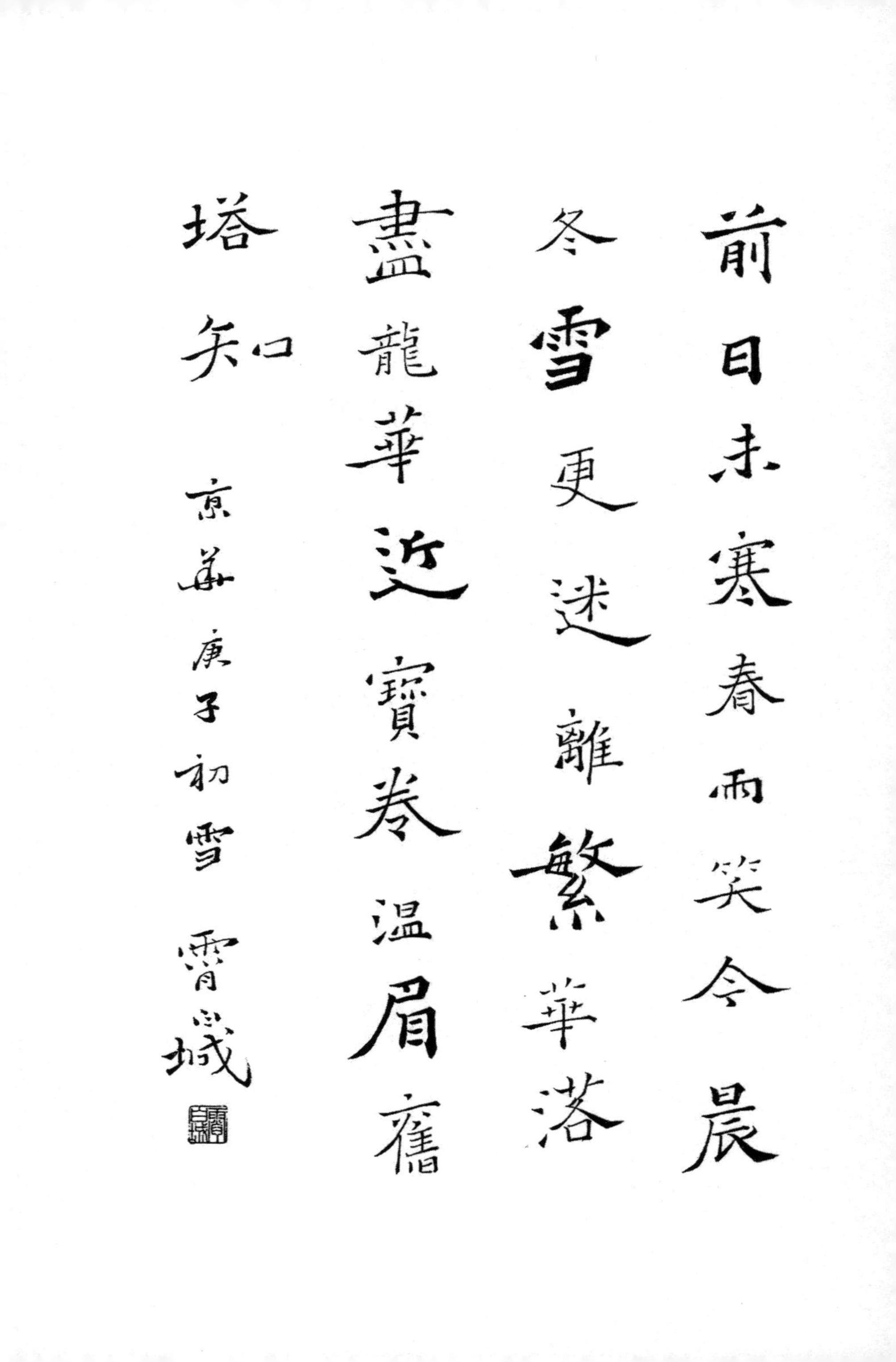

前日未寒春雨笑
今晨冬雪更迷離
繁華落盡龍華近
寶卷温眉舊塔知

京華庚子初雪 霄城

京华庚子初雪

前日未寒春雨笑，

今晨冬雪更迷离。

繁华落尽龙华近，

宝卷温眉旧塔知。

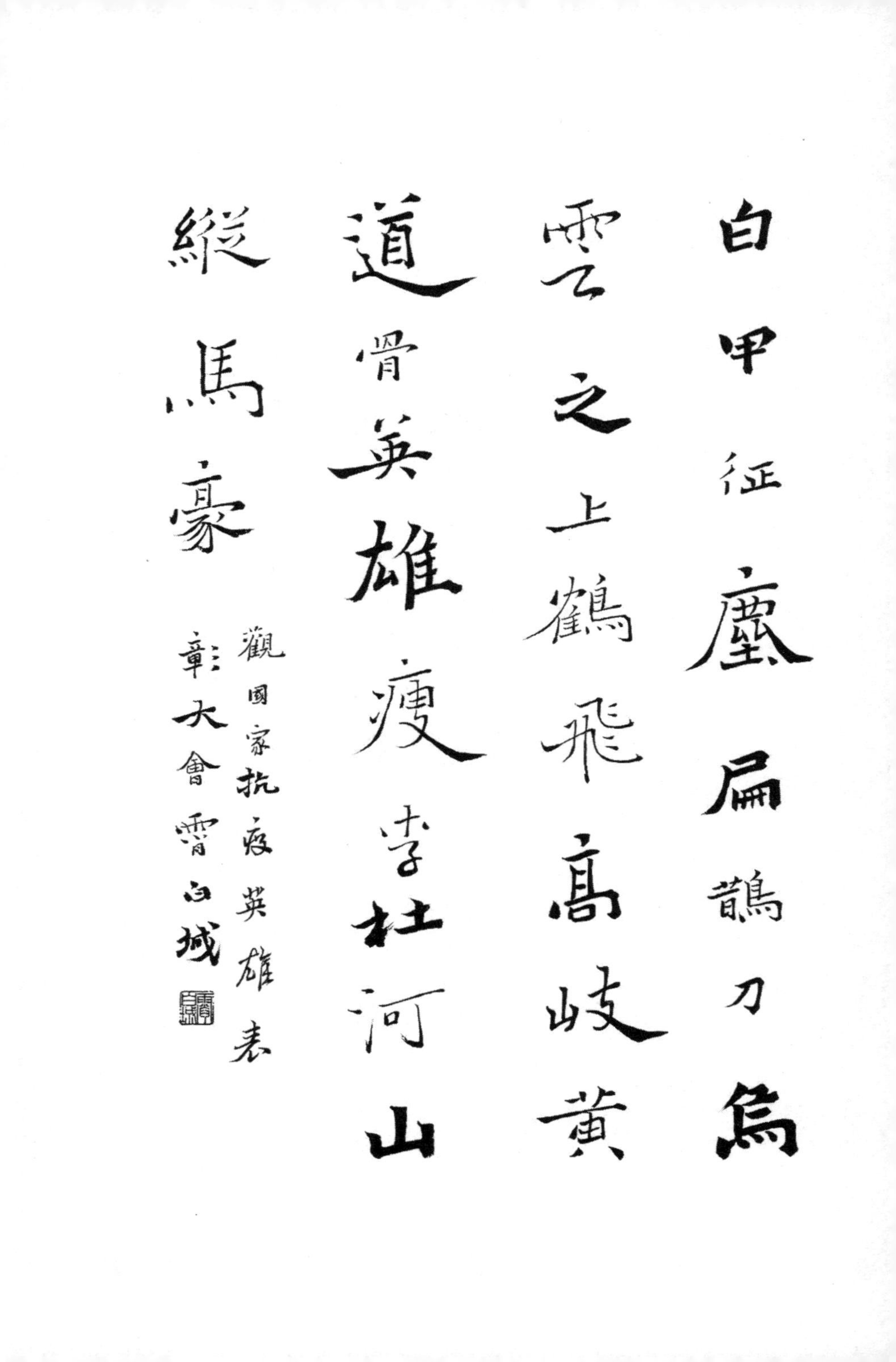

白甲征塵扁鵲刀
烏雲之上鶴飛高
岐黃道骨英雄瘦
李杜河山縱馬豪

觀國家抗疫英雄表彰大會 霄白城

观国家抗疫英雄表彰大会

白甲征尘扁鹊刀，

乌云之上鹤飞高。

岐黄道骨英雄瘦，

李杜河山纵马豪！

燕趙羲蘇示在書京華夜白飛
紅蓬神舟再造星河蒼宇宙
何須為化分多流從發千里志
大風吹散滿天空從今代代學堂
子遙望長安信出神

觀神舟十四號入太空　霄白城

观神舟十四号入太空

燕赵葳蕤不在春，

京华夏雨绿红尘。

神舟再造星河梦，

宇宙仍须有限身。

好酒催发千里志，

大风吹散满天云。

从今代代学堂子，

遥望长空倍出神！

桃花初醒李苍迎總有雷聲
寂動情一樹清香休換酒三年碩
果可揚名武侯素志廬難隱
公瑾长才计已成自古青春輕
不得西风老處東风生

春

曹白城

春

桃花初醒李花迎，

总有雷声最动情。

一树清香休换酒，

三年硕果可扬名。

武侯素志庐难隐，

公瑾长才计已成。

自古青春轻不得，

西风老处东风生。

陳王不羈志無涯
南北紅塵閱物華
入耳鄉音隨雨樣
潤眉臕酒未料差
從前罷落西烟火
向後高樓少李乞
寂是長情猶未改
許年過到灞時家

致燕子　霄白城

致燕子

陈王不解志无涯，

南北红尘阅物华。

入耳乡音虽两样，

温眉腊酒未相差。

从前里落多烟火，

向后高楼少杏花。

最是长情独未改，

新年还到旧时家！

白壁浮空鐵瓦流蟬翔破睡發
向野流螢打梅子詩方高電視新
中戲正深宵紅經奴世偃夢
何如野鶴不羈心忽中棄六界動
沸絲注砂壺限相談

雨初霽 霄白城

雨初霁

白壁浮金黛瓦沉，

蝉歌破睡散勾琴。

冰箱梅子甜方好，

电视新闻戏正深。

岂若狸奴无所梦，

何如野鹤不关心。

忽闻案下泉初沸，

缓注砂壶陆羽临。

滾滾金雲隱九仙悠悠蒲月
候鳴蟬雖然氣象生佳句別
有幽思近古賢一剎光陰忽忽
我十方大士可談禪流風已動庭
前景景人事長隨世事遷

積雨雲　霄白城

积雨云

滚滚金云隐九仙，
悠悠蒲月候鸣蝉。
虽然气象生佳句，
别有幽思近古贤。
一刻光阴忽忘我，
十方大士可谈禅。
流风已动庭前影，
人事长随世事迁。

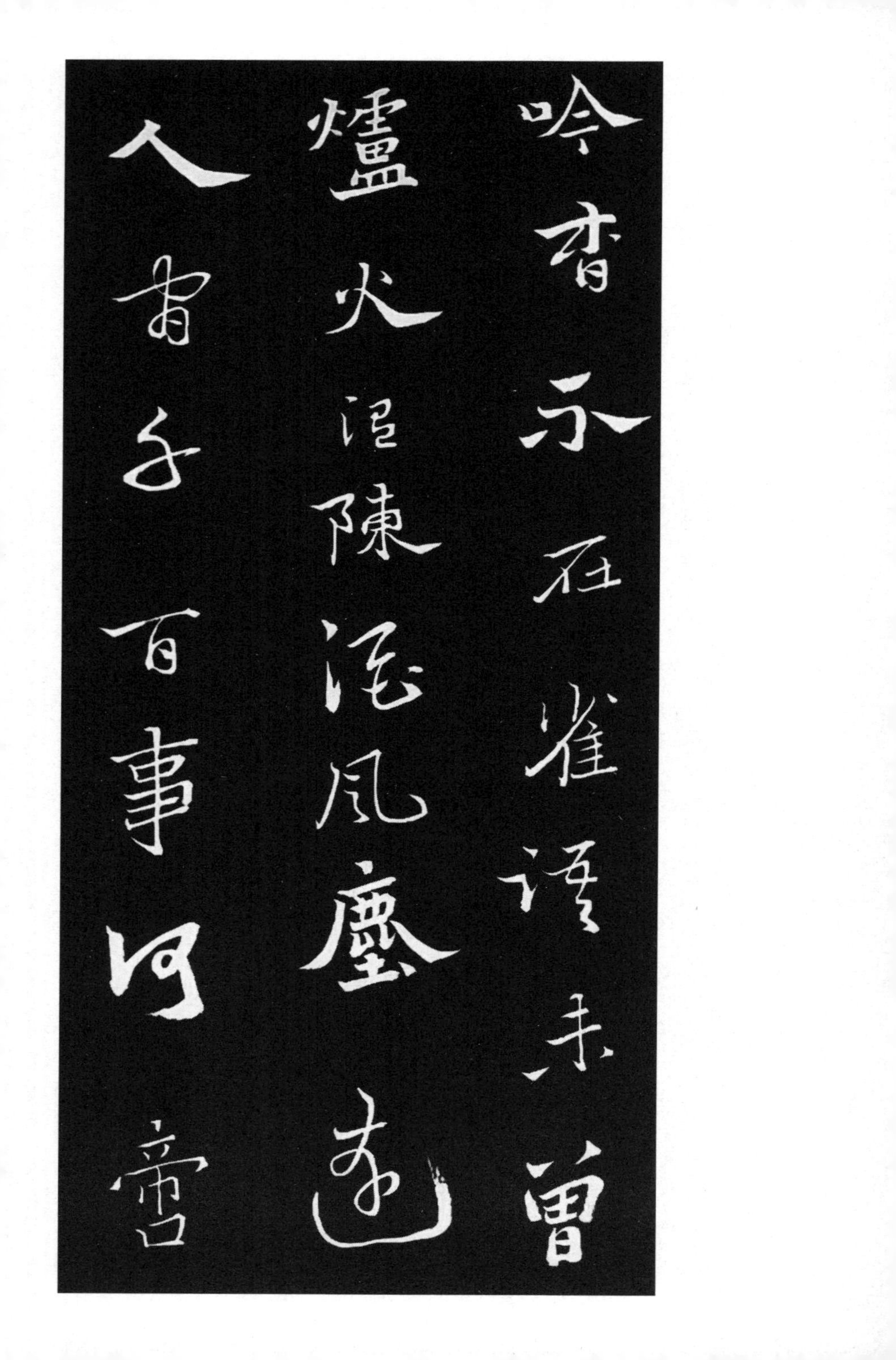

吟香不在雀語未曾
爐火温陳濕風塵遠
人書手百事何會

京华腊月初雪

银粟青天飞，

彤云十万围。

龙吟杳不在，

雀语未曾稀。

炉火温陈酒，

风尘远布衣。

人间千百事，

何啻是及非？

家破浑然如入素砸末诗字左

老去枯枝鹊新传清味自学宽

泥云古游梅香如彩三乃自松

去自任学人风酒仙不知通推

曲门酒捨沙狂英功

飲朧

酒雪

城

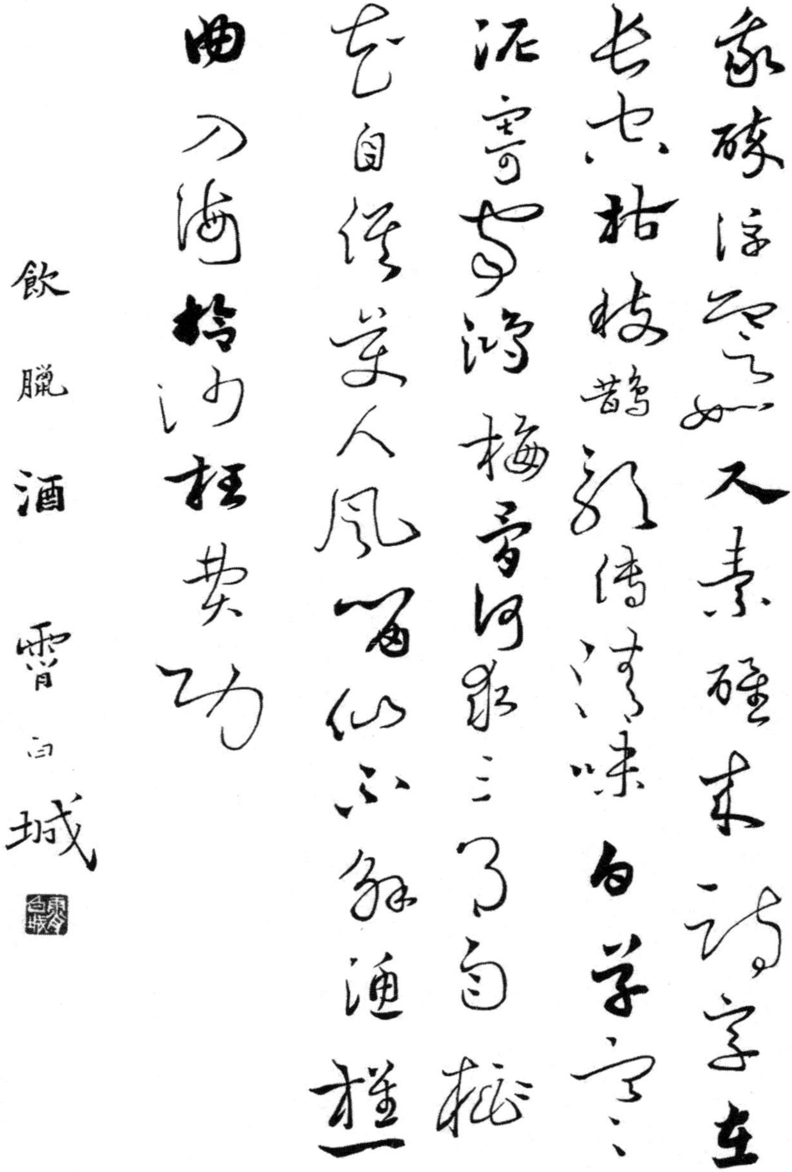

饮腊酒

我醉浮云如尺素，
醒来诗字在长空。
枯枝鹊影传清味，
白草寒泥寄雪鸿。
梅骨何求三月雨，
桃花自候美人风。
留仙不解渔樵曲，
入海拾沙枉费功！

埋劍觀書行步遲
逢冬憶夏寂堪癡
始知藏識伏情種
白草青時臘雪悲

冬偶記 雪白城

冬偶记

埋剑观书行步迟，

逢冬忆夏最堪痴。

始知藏识伏情种，

白草青时腊雪悲。

第七章　怀古诗

三分劍氣凌愁色七尺
詩魂柔月華萬丈山崖
邊騎白鹿平揖卿相乘
煙霞

詠李白 霄白城

咏李白

三分剑气凌愁色，
七尺诗魂采月华。
万丈崖边骑白鹿，
平揖卿相乘烟霞。

書生意氣杜殷勤吏制
早疏堯舜君肯系黎
元題血淚不依帝趣奉
華文

詠杜甫 霄白城

咏杜甫

书生意气枉殷勤，

吏制早疏尧舜君。

肯系黎元题血泪，

不依帝趣奉华文！

輕舟有意承愁怨鴻雁
無情難解箋滿院黃
花君在否江南且自度
餘生

詠李清照 霄白城

咏李清照

轻舟有意承愁怨，
鸿雁无情难解筝。
满院黄花君在否？
江南且自度余生。

自古江湖血淚多誰人
憂國費蹉跎休言兵
甲男兒事無揮征塵女
子歌

詠秋瑾

霄白城

咏秋瑾

自古江湖血泪多，

谁人忧国费蹉跎？

休言兵甲男儿事，

亦掸征尘女子歌！

先生不以诗文争当籍书录以
法雪之耻观名托流须白髮
春年筍孫呼沈园华发慨老
落陋室何曾餘细雨夜娩餘轩之
可至当时雄怀沧江湖

夏夜思陆游

曹白城

夏夜思陆游

先生不止诗文事，
画鞘青锋比湛卢。
匹马观兵把酒笑，
白袍刺虎荡缨呼。
沈园几度桃花落，
陋室何曾胆剑孤？
唐婉稼轩足可慰，
当时雄慨满江湖！

李白何曾攻小说
东坡惊漫老读陶
书雲唱会俟怀去
杜甫坦宽笔情豪
只送江河流万古
难将浮誉化鸿毛
兰陵笑语仰何亦
不极层中自在高

雨夜思诸贤 霄白城

雨夜思诸贤

李白何曾攻小说，

东坡烂漫爱读陶。

曹雪呕血谁怜苦，

杜甫埋儿几恸嚎？

只道江河流万古，

难将浮誉作鸿毛。

兰陵美酒他乡忘，

不夜侯中自在高。

谪仙仗〻词高诗行老杜流鹤飞远
予家作笔还高名扬四海世飞的
海月思骑鲸陵石一画出挥中星荣
苍潇湘无穗〻乐河万几伟人千画刀草
自念〻秋风笛花〻

秋夜思李杜 霄白城

秋夜思李杜

谪仙仗剑写诗行，

老杜流离悲雨床。

你道高名扬四海，

无非四海呈刚强。

茂陵石马空旗画，

荣府潇湘焚稿章。

何梦催人还入梦？

白云秋水两茫茫。

草書萬萬木在我春物々亭世緣
人風花雪蒼海明月花時
談起從來至此緣一縷青詞半庭
因李杜洛陽邊夜瀾瀾扇來去
此漢天地若生化了我

遣懷　霄白城

遣怀

岁次癸卯，二月初十，京城春寒犹深，长衣未却，草木萧疏，时起大风，天空如洗。入夜风停，轻酌开诗兴，作七律以记。

草衣苍苍木衣空，

春将九九雁无踪。

大风起处尘沙净，

明月升时醉影从。

尽羡徐严青词幸，

应思李杜洛阳逢。

唐衢痛哭真堪笑，

天地庄生作马龙。

第八章 《将军岸》诗痕

七年碧血染邊圖白馬將軍壯骨枯一片青蓑辭鳳闕江山原本是江湖

鐵請吟

霄白城

铁靖吟

七年碧血染边图，

白马将军壮骨枯。

一片青蓑辞凤阙，

江山原本是江湖。

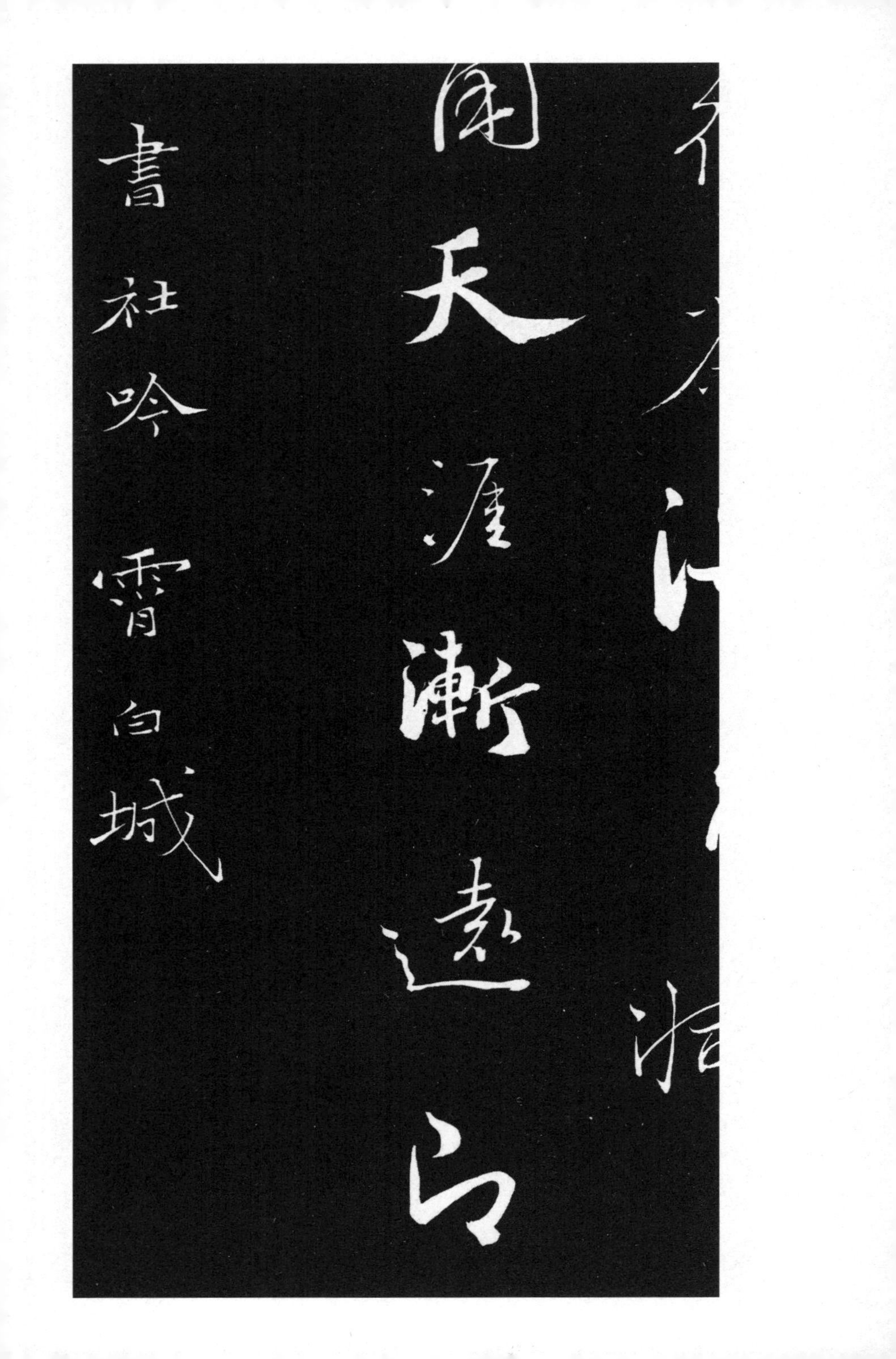

行人江泊

閑天涯漸遠與

書社吟 霄白城

书社吟

从来世道名边剑，
自古江湖酒后茶。
海角洞明非海角，
天涯渐远即天涯。

衝霄一鶴遠朱樓天作
鴻溟雲作舟可載英雄
登峙岸靖平刀甲水清
流

雲鶴吟　霄白城

灵鹤吟

冲霄一鹤远朱楼，
天作鸿溟云作舟。
可载英雄登将岸，
靖平刀甲水清流。

一轮先出金光罩杳霭乱舞群
云紫气三千翠涛远衔阗十五
孤峰秒入乱朝眺望似生烟
苍龙乃是村下狂涛掠面无江
湖绿明月绕此莲木长

龙湖吟　　雪白城

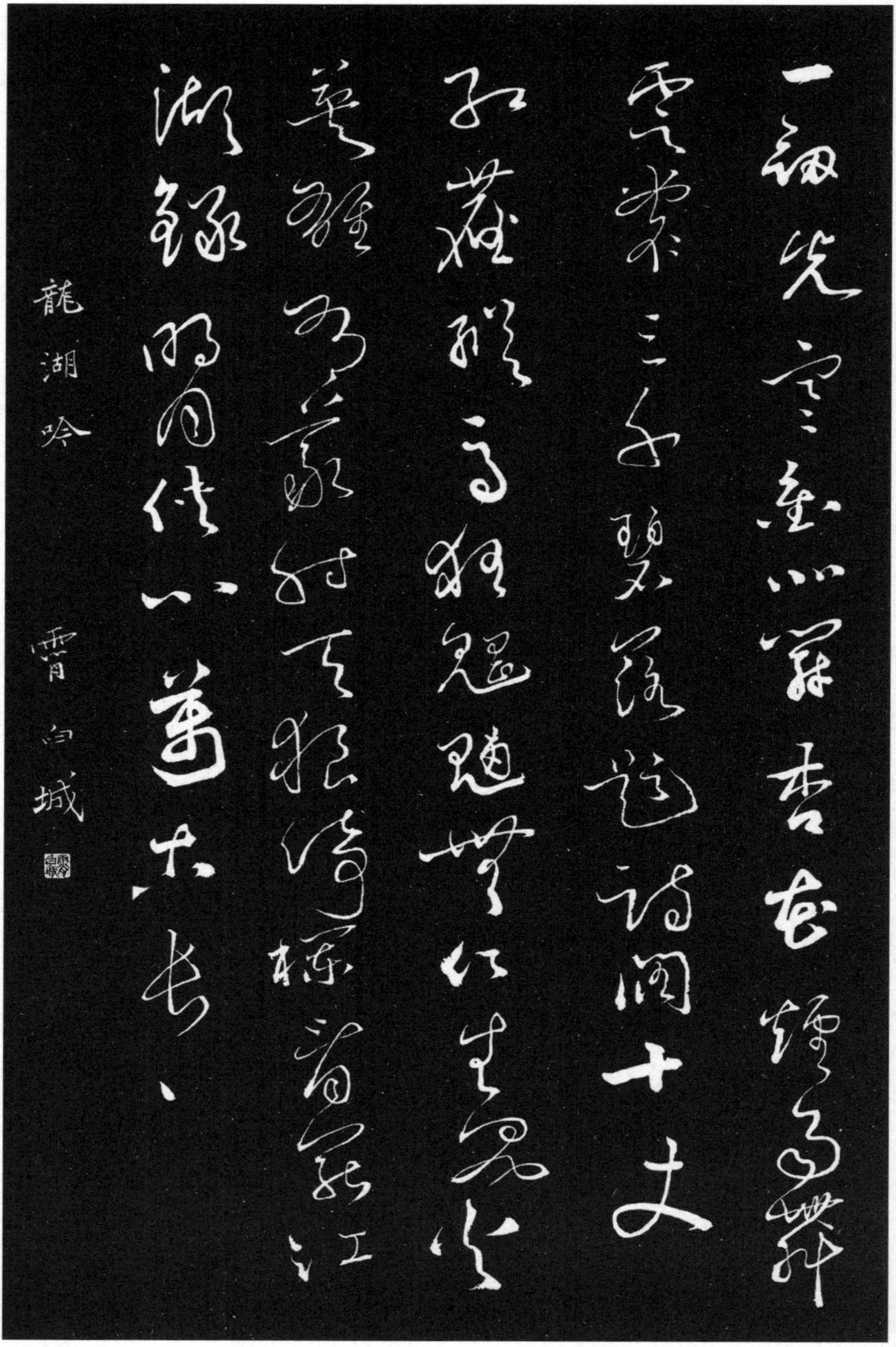

龙湖吟

一剑光寒冲北斗，
杏花烟雨舞云裳。
三千碧落题诗阔，
十丈红尘纵马狂。
魍魉无仁生鬼火，
英雄有义射天狼。
倚栏看罢江湖录，
明月侠心万古长！

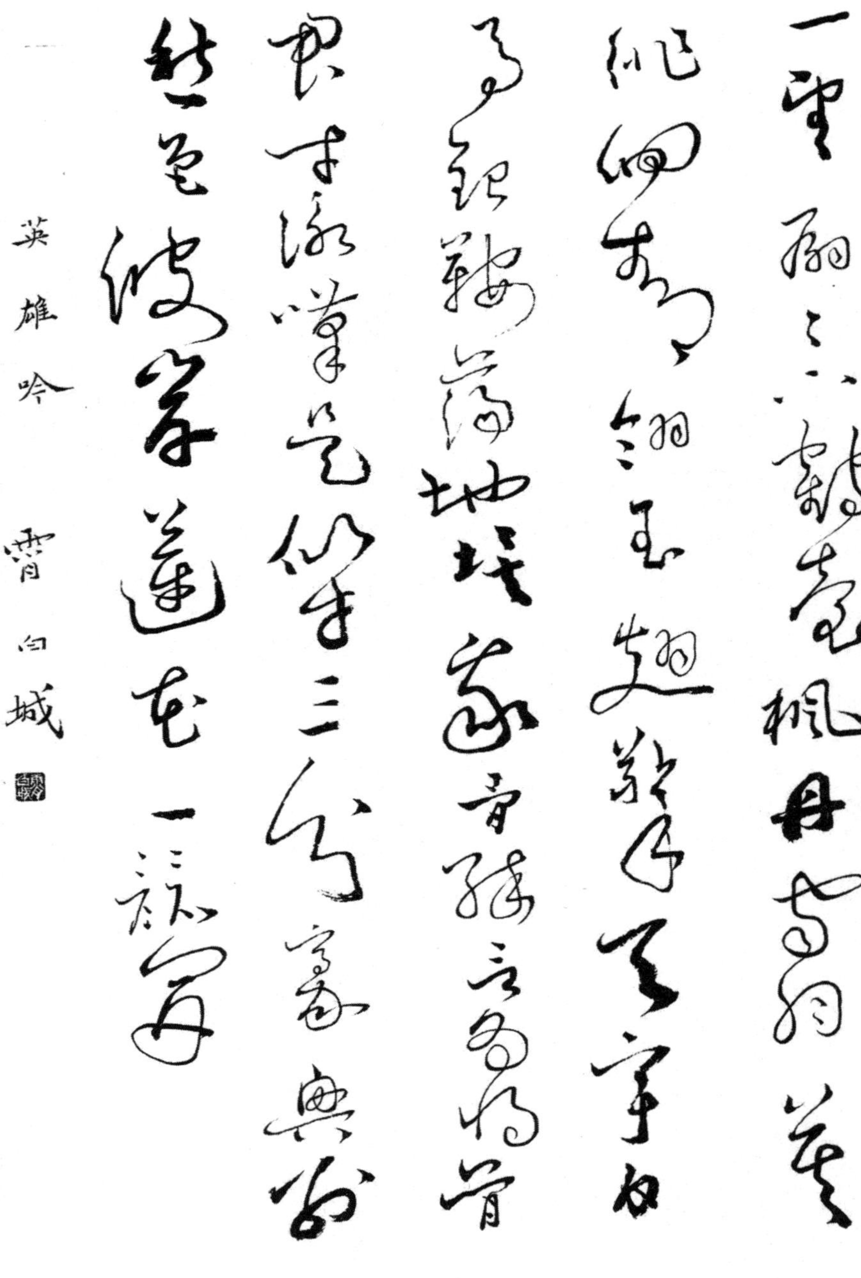
英雄吟
霄白城

英雄吟

一望翩翩下鹤台，
枫丹雪羽莫徘徊。
青翎玉翅擎天宇，
白马银鞍荡地埃。
我骨醉言为将骨，
君才咏叹是仙才。
三分豪兴别愁色，
彼岸莲花一竞开！

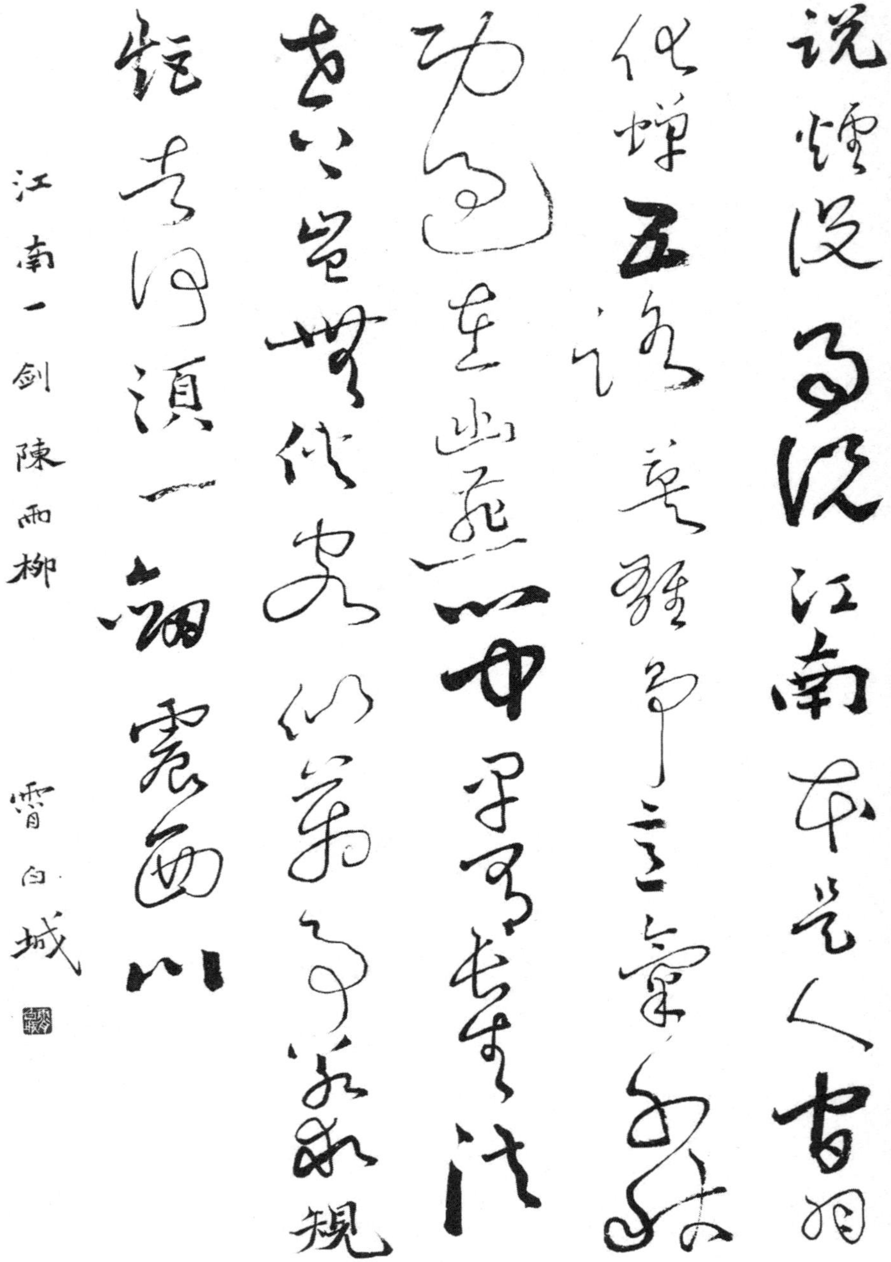
江南一剑 陈雨柳
霄白城

丹青十三剑

之“江南一剑”陈雨柳

说烟说雨说江南，

本是人间羽化蝉。

五路英雄争意气，

千秋功过在幽燕。

心中早有长生法，

世上岂无侠客仙。

万事若求规矩者，

何须一剑震西川？

高名自大筆當遠學海雙峰萬
懷身於一去江湖遠觀羅八面
持維照雲霄孰蓀道路難尋
眼空殺恩深已化鍼体長系水恆向
舊日風華世為無滿

微雨樓主司徒禹心

霄白城

丹青十三剑

之“微雨楼主”司徒禹心

高名自古几逍遥？

掌剑双峰慕紫貂。

一去江湖逐魏阙，

不留肝胆照云霄。

红尘道场难青眼，

金殿恩波已作镳。

此世新嗔勾旧业，

风来无雨亦潇潇。

長風吹來動一巖山河海岸
積澤七星隱耀戟下六一西韜光
懾武如半世春秋過才疏文士
逢年去喪之之汎羽衣飄飄去
太陰三六玲瓏渡瀟灑

丹陽仙翁 謝星辰

霄白城

丹青十三剑

之“丹阳仙剑”谢星辰

雪月风花未动心，

苍山洱海道根深。

七星隐曜威天下，

一刃韬光慑武林。

半卷黄庭生骤变，

十年辛苦丧浮沉。

羽衣偏教青衣误，

三下玲珑泪洒襟！

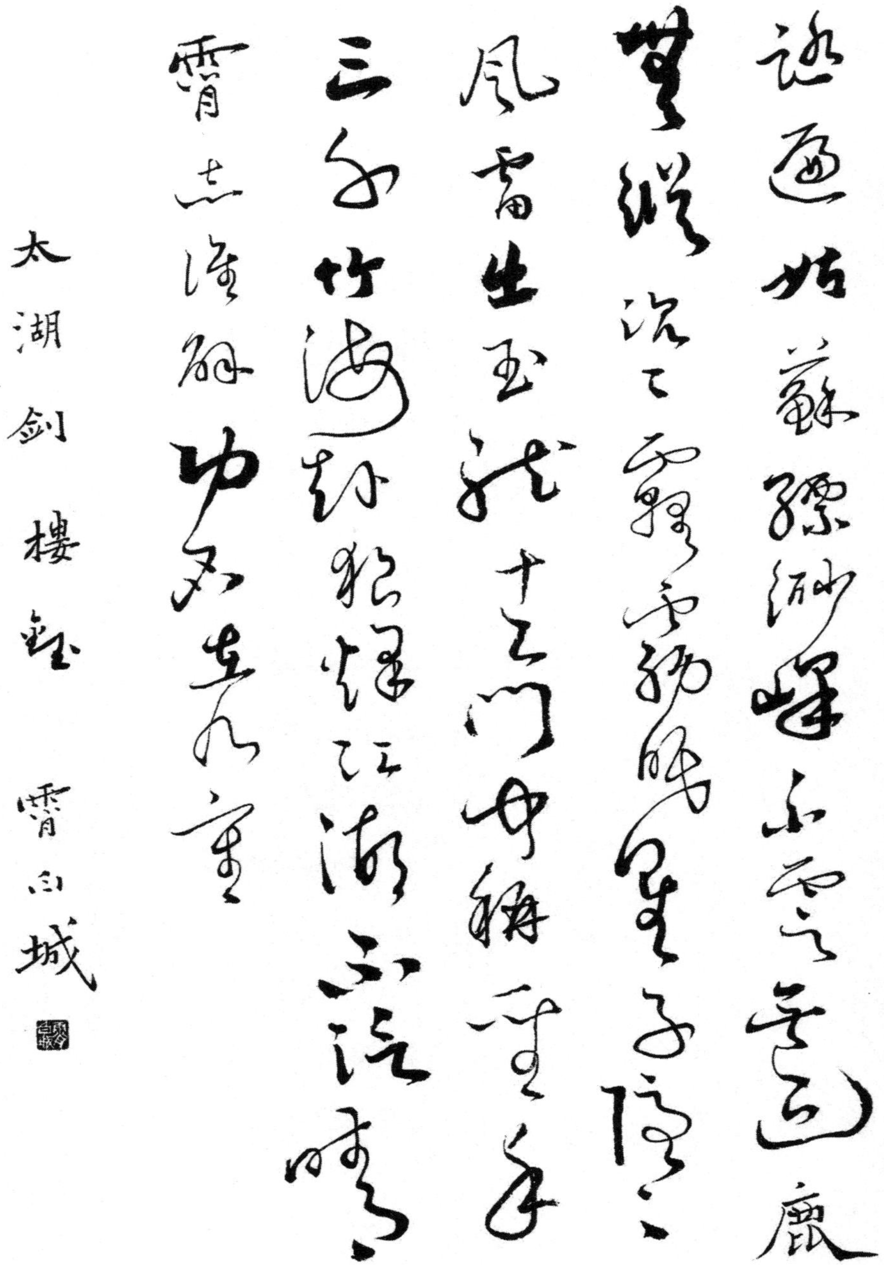
誰道姑蘇縹緲峰
太湖劍樓

丹青十三剑

之“太湖剑”楼钰

踏遍姑苏缥缈峰，

白云无迹鹿无踪。

沉沉霾雾眠星子，

隐隐风雷出玉龙。

十二门中称圣手，

三千竹海赴狼烽。

江湖不泛晴霄志，

谁解功名在九重。

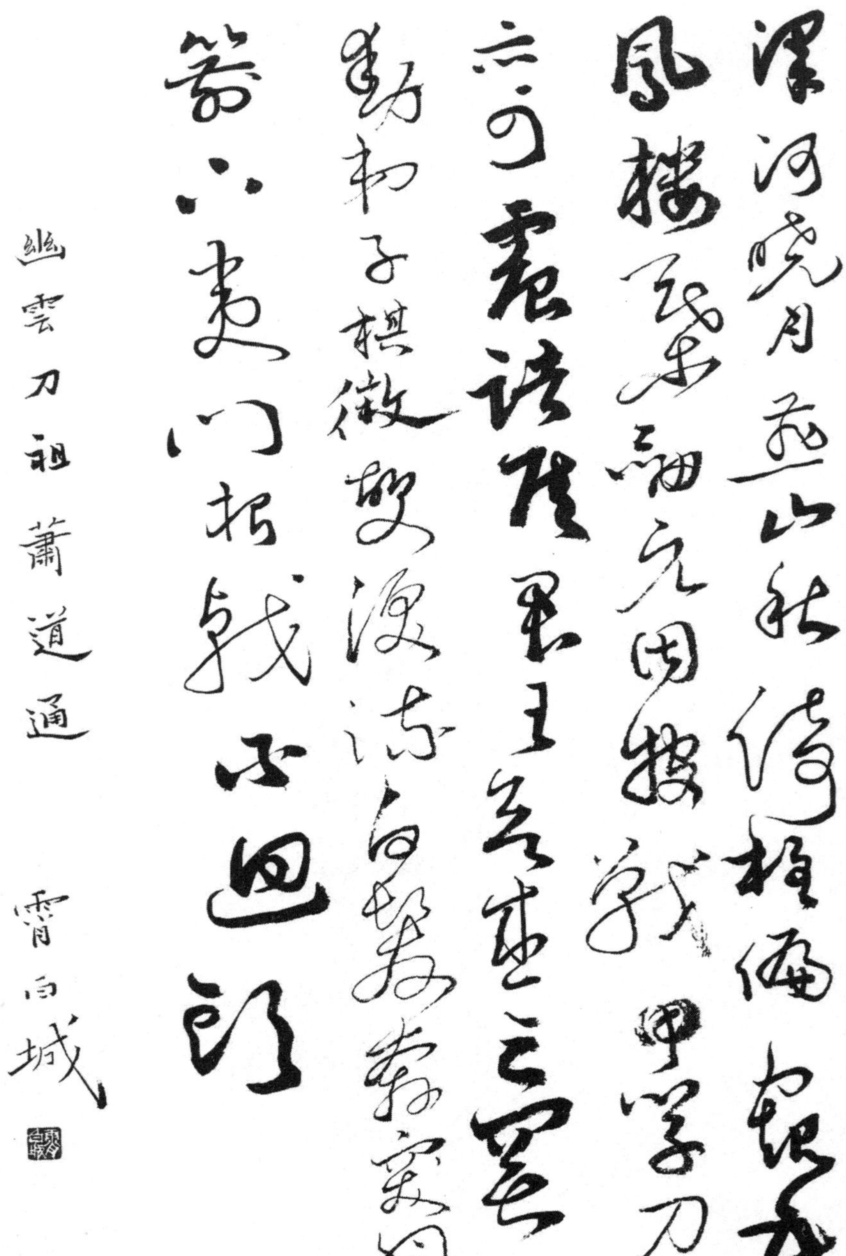
幽雲刀祖蕭道通
霄白城

丹青十三剑

之“幽云刀祖”萧道通

浑河晓月燕山秋，
倚柱偏窥五凤楼。
弃剑元因披战甲，
学刀亦可震诸侯。
君王欲盛三关动，
弟子棋微双泪流。
白发奔突羽箭下，
夷门折戟不回头。

言秋雨浮晓香池道邊不羨

夢不窮花三山海棠小如雪

鈞天隱細眉小憔蘇疏勻

英雪偶鬢發油滿風篱先寺表

半骨乃照江湖辭鈐詞

釣天鈞元儀

霄白城

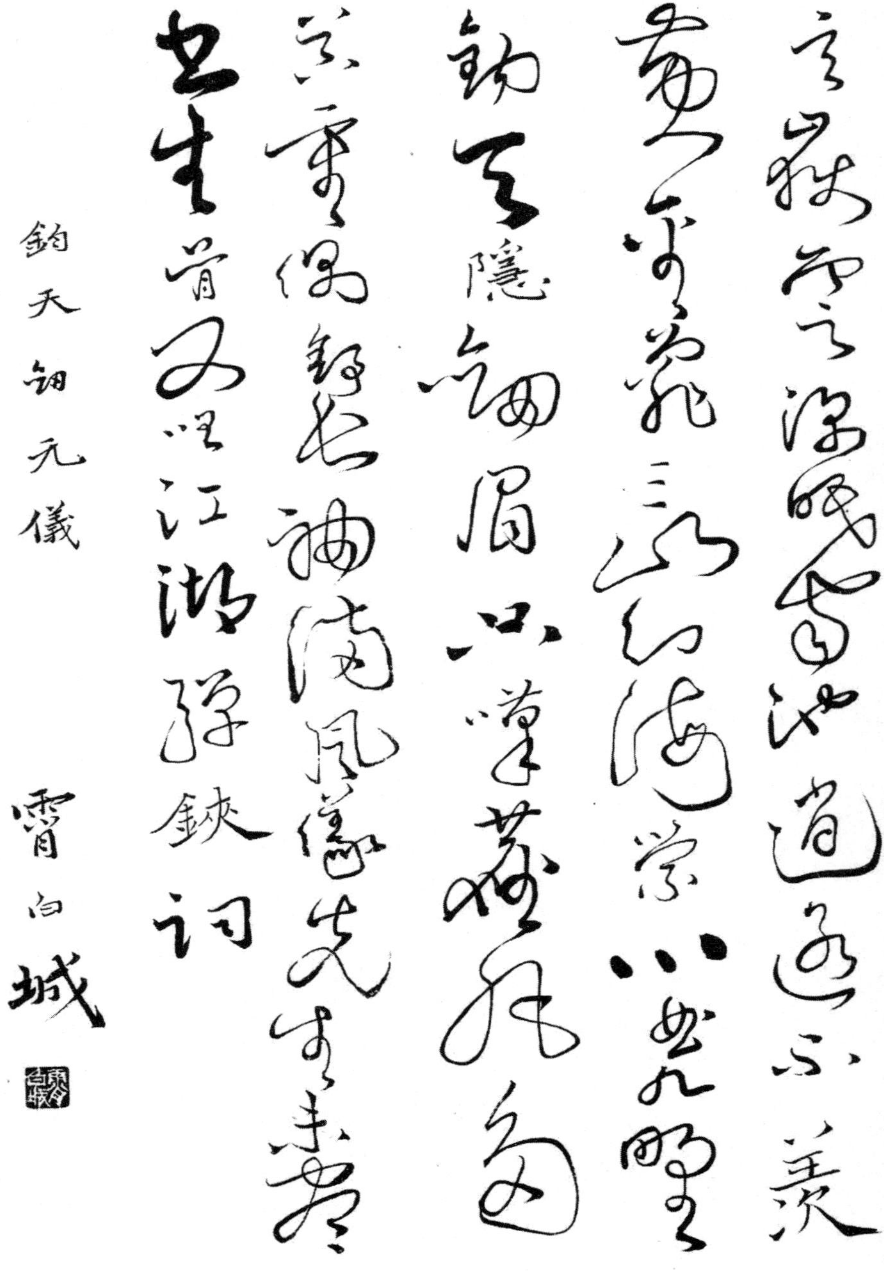

丹青十三剑

之“钩天剑”元仪

玄岳云深眠雪池，

逍遥不羡黄金龟。

三山幻海萦心曲，

九野钧天隐剑眉。

只叹尘凡多器重，

偶舒长袖满风仪。

先生未尽书生骨，

又唱江湖弹铗词！

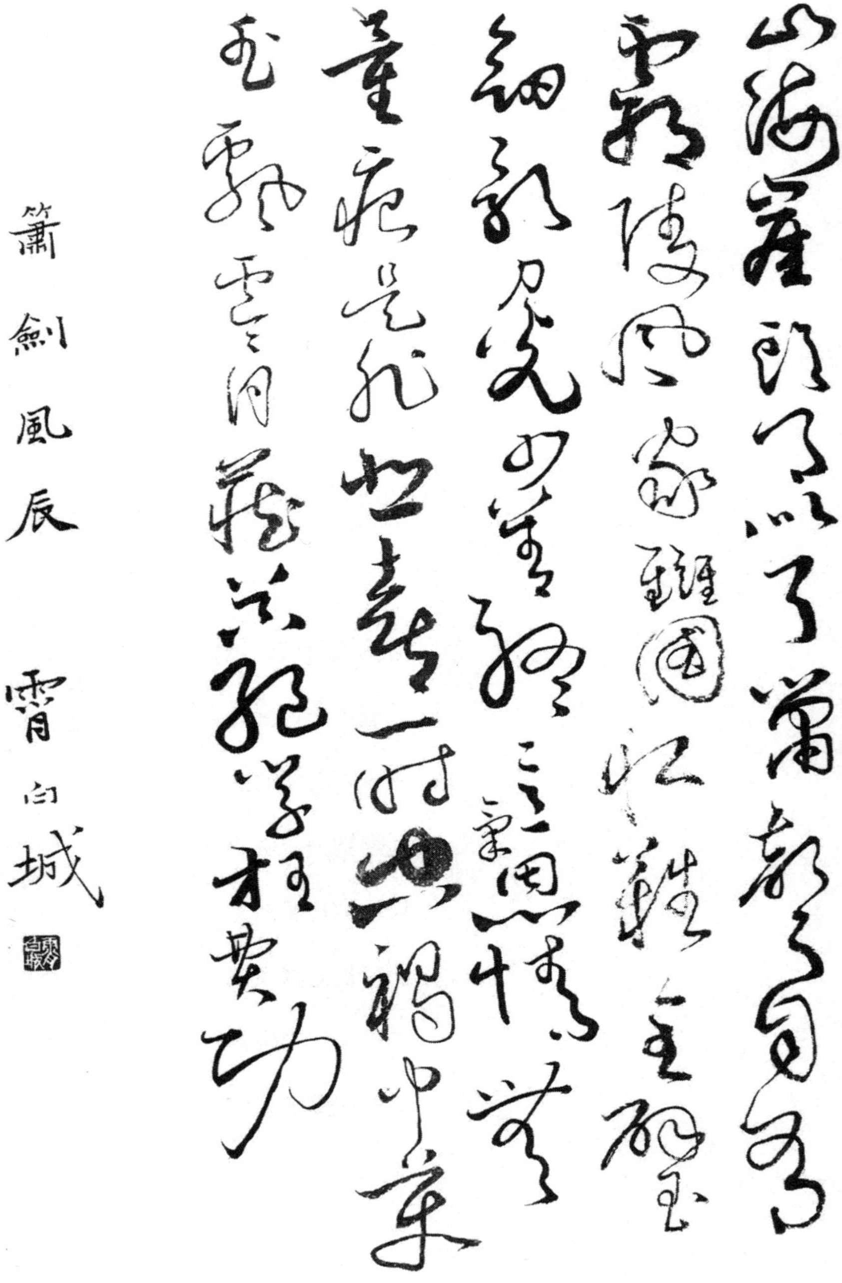
簫劍風辰
霄白城

丹青十三剑

之“箫剑”风辰

山海崖头月似弓，

箫声自有霸陵风。

家仇国恨难全璧，

剑影刀光少善终！

意气恩情无量痕，

是非悲喜一时空。

褐中美玉飘零日，

藏器绝学枉费功！

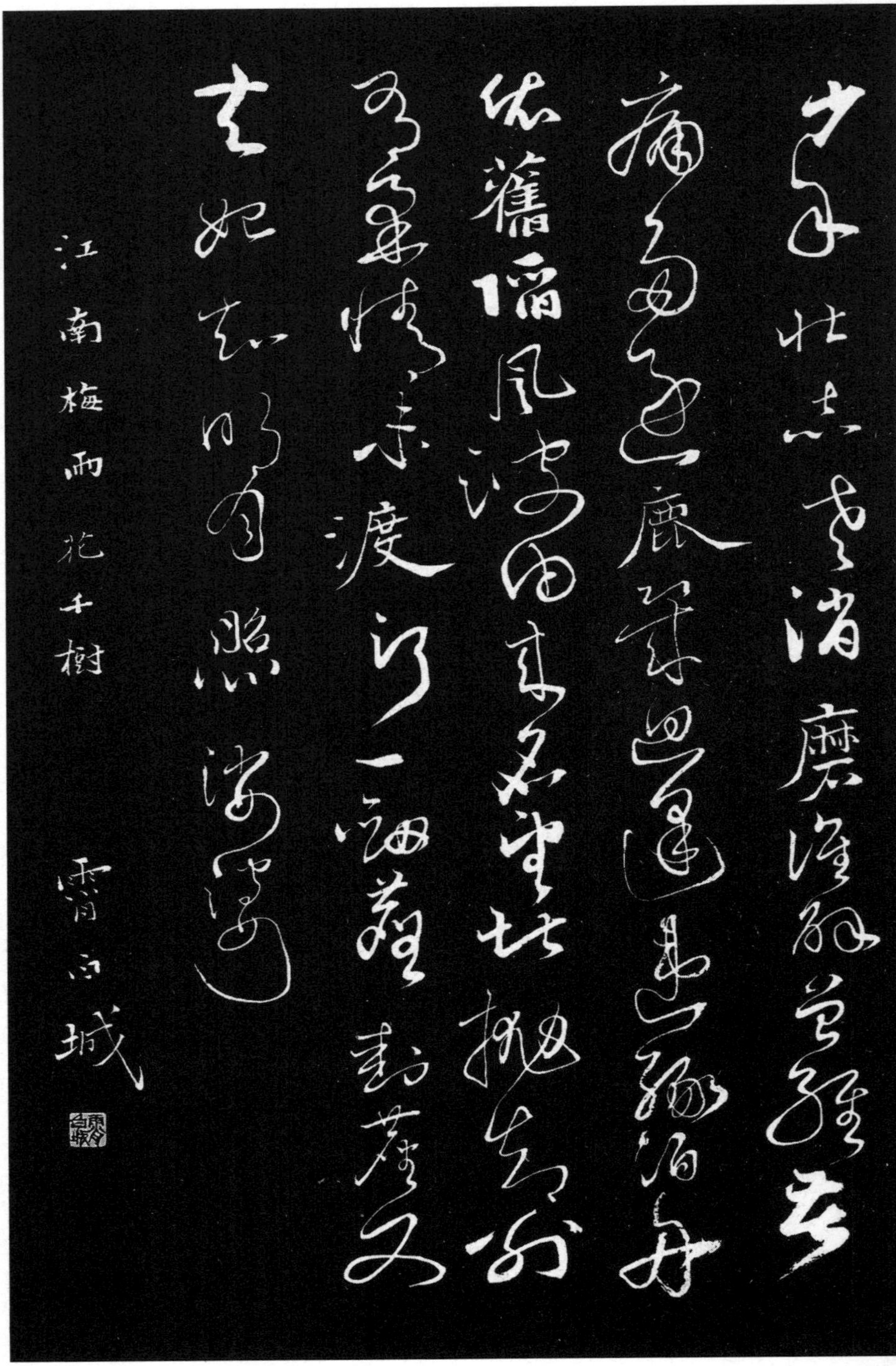
江南梅雨花千树
霄白城

丹青十三剑

之“江南梅雨”花千树

少年壮志老消磨，

谁解曾经苦痛多。

逐鹿几回逢违缘，

泊舟依旧陷风波。

由来名望堪抛却，

别有柔情未渡河。

一剑尘封尘又去，

始知明月照娑婆！

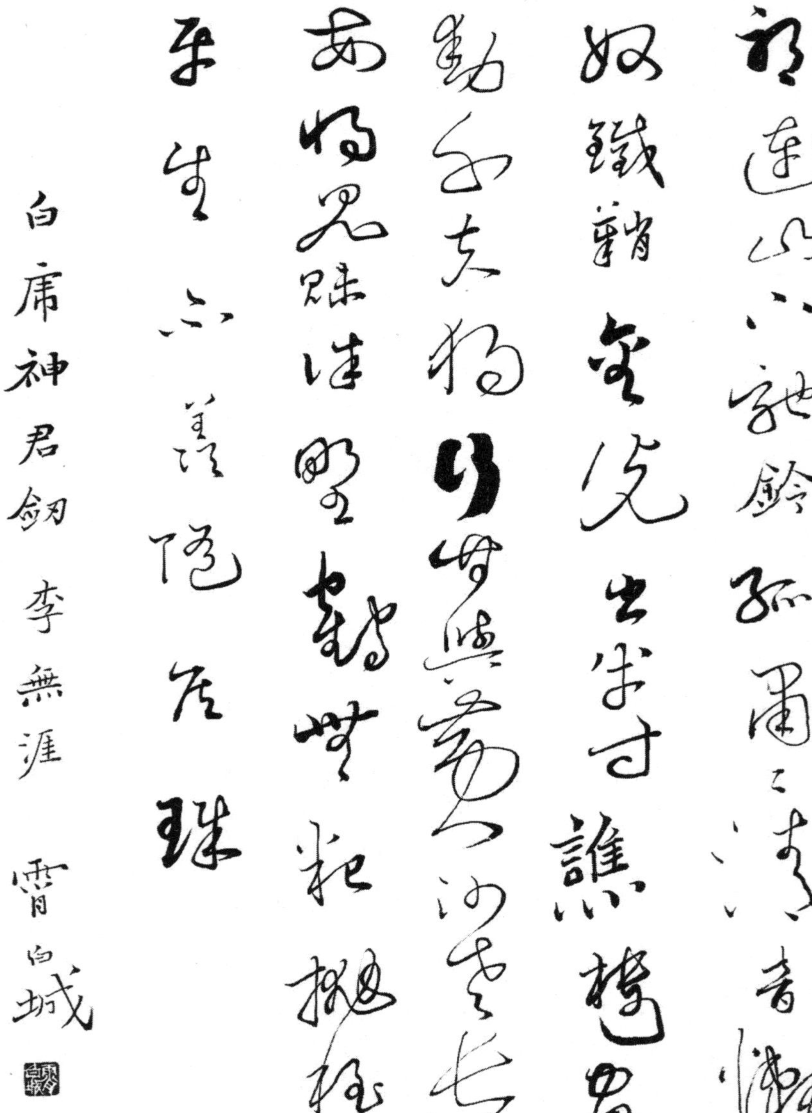
白虎神君劍 李無涯
曹白城

丹青十三剑

之“白虎神君剑”李无涯

祁连山下驼铃孤，
肃肃清音懒做奴。
铁鞘金光出半寸，
谯楼画角动千夫。
独行甘与黄沙老，
长啸每将鬼魅诛。
野鹤无粮抛桎梏，
平生不羡随侯珠。

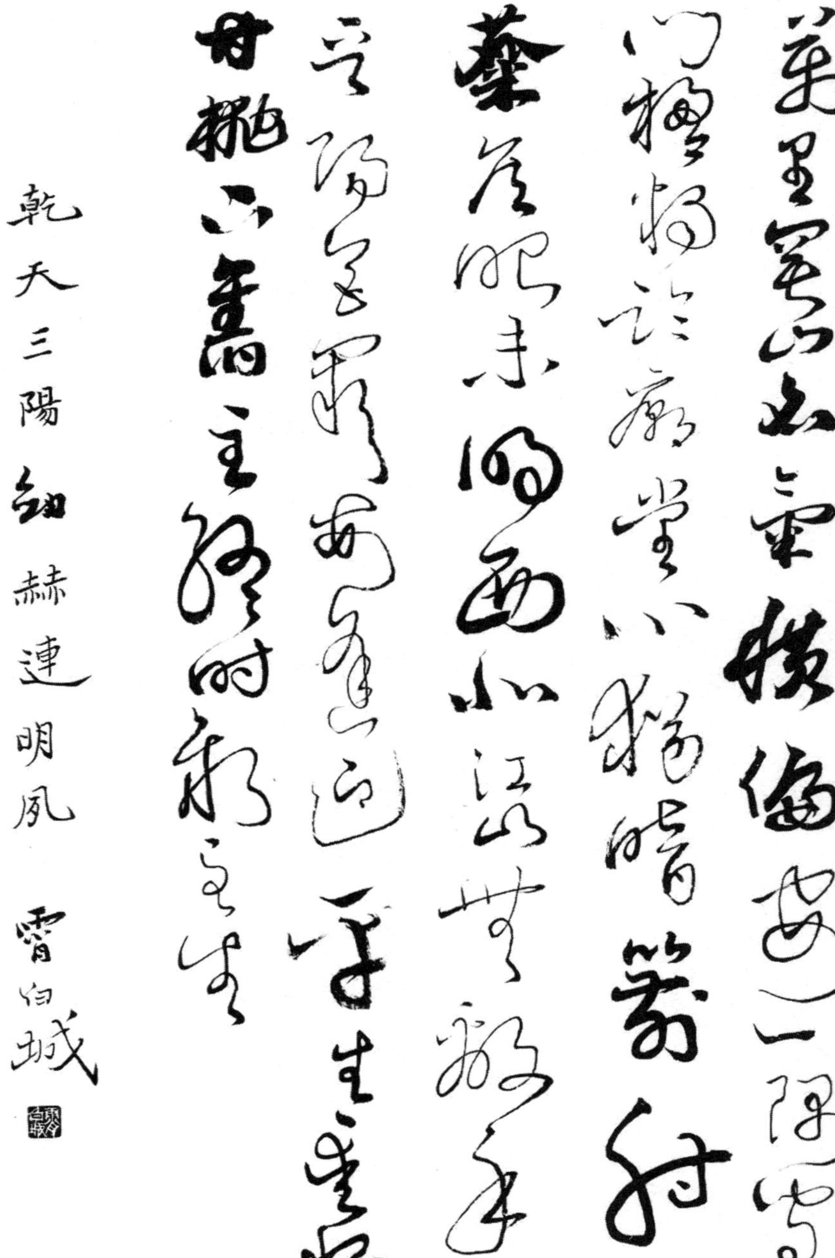

乾天三陽
赫連明凤

丹青十三剑

之“乾天三阳剑”赫连明夙

万里关山名气横，
偏安一隅守门楹。
烛临庙堂心犹暗，
箭射麋侯眼未明。
西北江山无敌手，
晋阳宫阙每逢迎。
平生爱恨甘抛下，
旧主终时新主生。

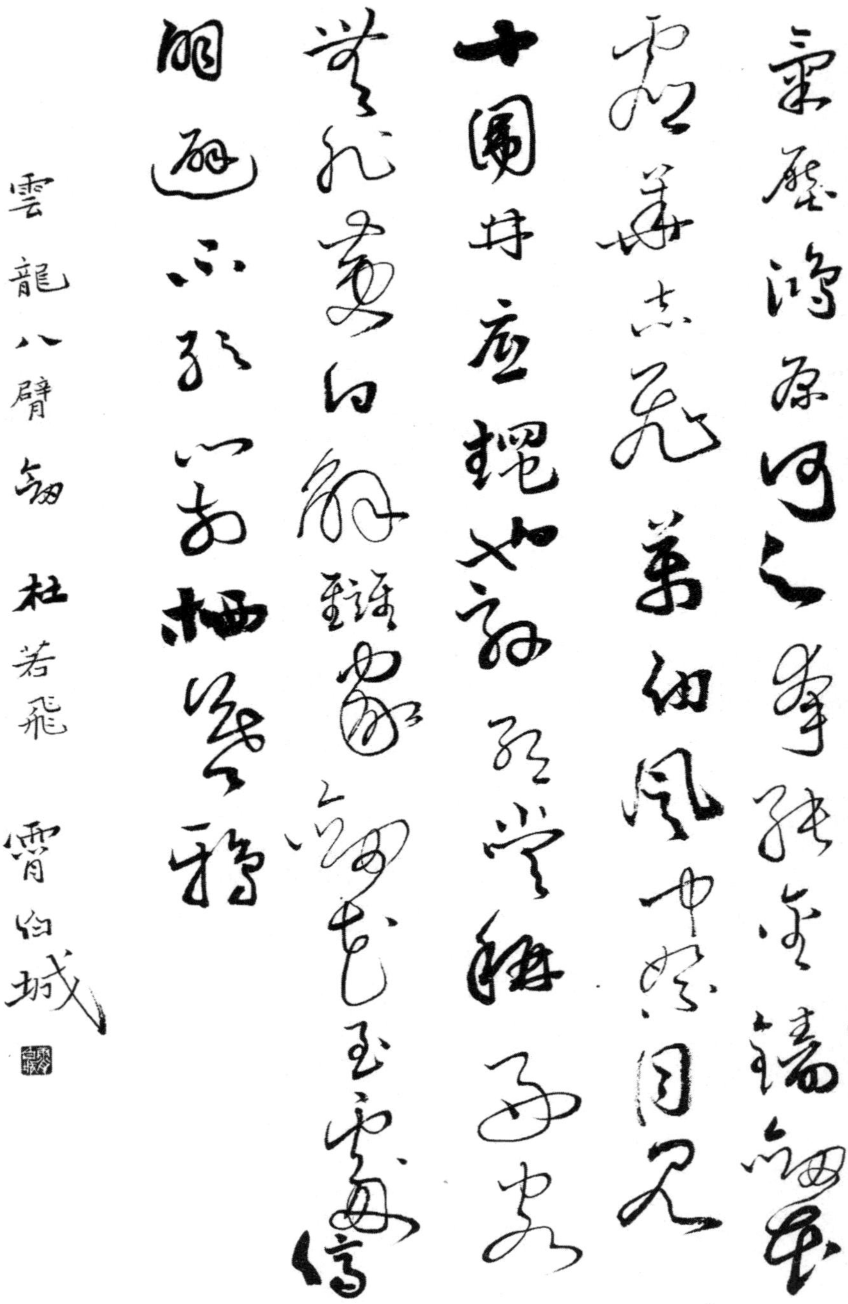

雲龍八臂翁
杜若飛
霄白城

丹青十三剑

之“云龙八臂剑”杜若飞

气压鸿原何足夸，

纯金铸剑本虚华。

志飞万仞风中絮，

目见十围井底蛙。

也效孟尝称好客，

无非黄白解仇家。

剑花至处侪朋避，

不敢门前栖暮鸦。

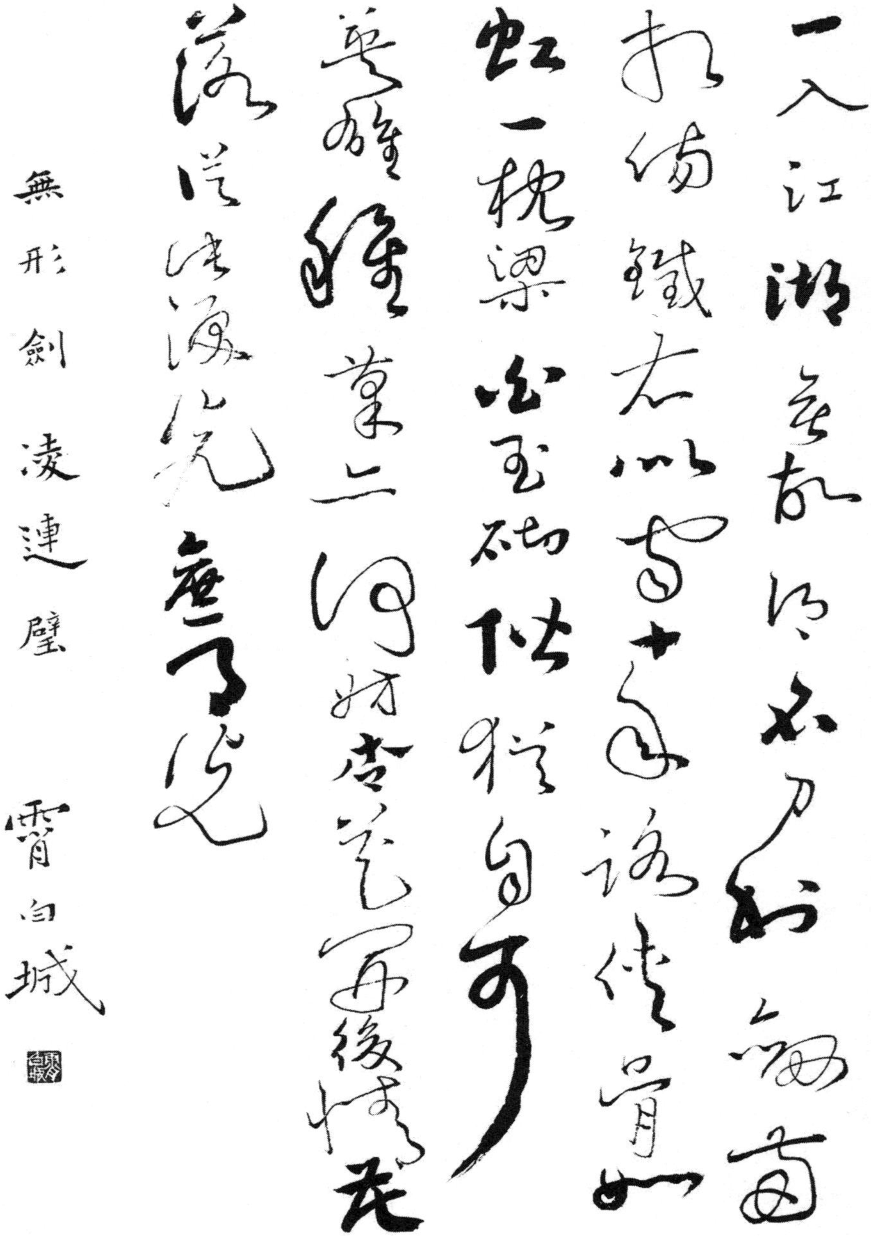
無形劍 凌連璧
霄白城

丹青十三剑

之“无形剑”凌连璧

一入江湖无故乡，
名刀利剑两相伤。
铁衣似雪十年路，
侠骨如虹一枕粱。
白玉砌阶犹自可，
英雄种菜亦何妨？
杏花开后情花落，
从此泪光遮月光！

本是浮萍末世飛手持此帕也
空遊去寄玉簫千山舞後過
孤鴻回海飛後無情擡膺壽雲
銀鞭渡汪洋心滿如一心只多義歸
之物笑談風陵渡嫣花

無影劍陸萍

霄白城

丹青十三剑

之“无影剑”陆萍

本是浮萍末少菲，
平生怅恨起寒微。
去家玉翦千山舞，
邀月孤鸿四海飞。
秀发情摧夺素雪，
银锋泪染比湘妃。
一心只为求形影，
梦断风陵绝嫁衣！

心貴平常酒貴陳少年
舊事寂傷神何當影
落三秋水辭是前塵夢
裏人

遥致李清霄
霄白城

遥致“李清霄”

心贵平常酒贵陈，

少年旧事最伤神。

何当影落三秋水，

辞是前尘梦里人。

第九章 词

阵阵笛声动九霄
曲中家乡情景浮
罩云笼一支长桥写物华
浩然天来意金星海万一千山
山山海不历人肖悔伴说深处
二年白活游夜风叩故园

鹧鸪天 忆故园

霄白城

鹧鸪天·忆故园

除夜笙歌动九寰，
曲中最忆是乡关。
韶光一去长相别，
物我皆非久未还。

千里海，万重山。
山山海海历人间。
归来沈唱知章句，
泛漪唐风叩故园。

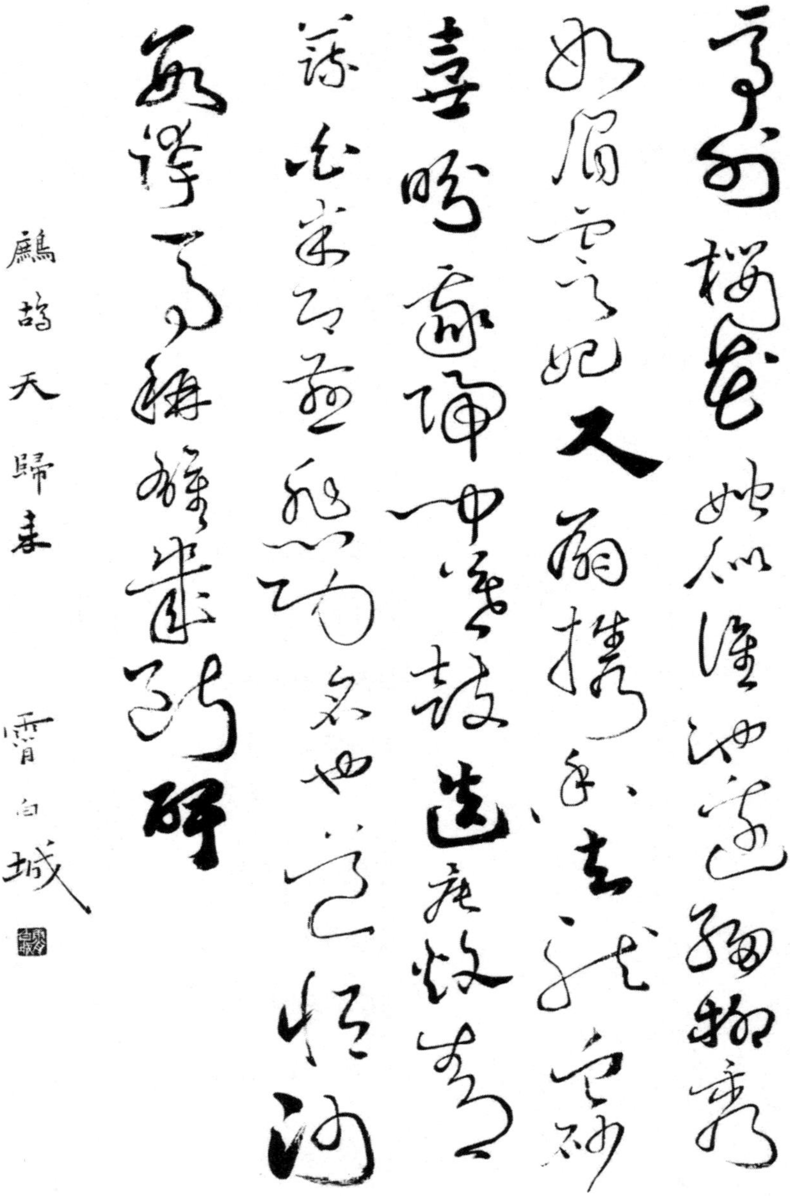
鷓鴣天 歸來
霄白城

鹧鸪天·归来

亭外樱花娉似谁，
池边细柳秀如眉。
云妃尺扇携香去，
龙血砂壶盼我归。

闻暮鼓，迭晨炊。
青蔬白米即慈悲。
功名也道恒沙数，
跨马称雄几断碑。

漫卷白衣似道袍浮生有幸寫英豪留侯效慕遠蕭曹見水見山何見我讀蘇讀李又讀陶落花記得江南橋

浣溪沙 辭丹墀

霄白城

浣溪沙·辞丹墀

漫卷白衣似道袍。
浮生有幸写英豪。
留侯效慕远萧曹。

见水见山何见我，
读苏读李又读陶。
落花记得江南桥。

不問江湖是故鄉黃牋舊字
淡詞章輕風吹皺小荷塘蘧
瑗知非仍可慰執指為月實
堪傷平生心事也應藏

浣溪沙閑廬

霄白城

浣溪沙·闭庐

不问江湖是故乡。
黄笺旧字淡词章。
轻风吹皱小荷塘。

蘧瑗知非仍可慰，
执指为月实堪伤。
平生心事也应藏。

第十章 何以问长安

白馬丹青觀
廣陵曲未闌
沉檀不落字
何以問長安

致唐长安 曹白城

致唐长安

白马丹青观，

广陵曲未阑。

沉檀不落字，

何以问长安。

下篇

新诗

中秋月下

如果月亮是一张白纸
你会看见每个人的心事
李白的心事散着酒香
杜甫的心事泛着泪光
岑参的心事谯楼铁甲
王维的心事红豆禅窗
你我心事也各有各的模样
一千年的时光都在纸上
不要怕欢乐悲伤无人懂啊
我们是在唐诗的故乡

低头行走

傍晚

夕阳洒下金光

偶有几声犬吠

夏日如梦河边柳

草色青青木色斑

二三里小河砂岸

似带如烟似从前

水鸟，鸣虫，游鱼，芦苇

这里是一个梦

属于它们的世界

寻太阳

太阳在哪里

太阳，在旧砖墙上

在高高的青黛屋瓦的一角

在低低的渔舟的白篷

在篷下轻悠悠摇动的双桨

在桨下顽皮的波浪

在岸边摄影师的手中

在窗帘前泛黄的稿纸

在寺庙传到远方的钟声里

还有父母蹲坐的门槛上

你看，哪儿有金色

那就是太阳

黄昏

烟，逃了

白色的墙

白色的楼

黛色的屋瓦

露在暗青色的天空下

我行走其间

身边一个人也没有

远处一条浅蓝的小河

岸是赭红色的，风从河面醒了

夏的白云与秋的夕阳

它们在河边跑步

年轻的槐树被谁鎏成金色

二月兰像童年的课本

先生说，如，就是本来的样子

我停下来徜徉

世界，如同本来的样子

可是身边啊

一个人也没有

琴

唯汝

旧丹霄者，伴我久矣

孤独，非与生俱来

唯汝有情，藏吾平生心事

一张老杉木

刻满岁月的故事

无非轻轻年少，昨梦前尘

舜歌南风始有卿卿模样

文武二王又造乾坤道场

七根弦，乃谁家的过往

唐诗宋诗一同爬满烛光

谁把平仄写成角羽宫商
满纸情思缠绵朱漆玉轸
千古樊篱无非冷月秋霜
天地江湖何止刀剑如梦
茶余饭后还是英雄帝王

一曲阳关，十二时辰
指缝的汗水，沾满沧桑
指尖的光啊，永不能歇
心底之音，本心头之梦
梦，就像手里的风
来时似有，去后成空

一指勾出，晨钟，暮鼓，秋风，
　远山
纵使春天之花，夏天之叶
不恋霜红，也要霜红

一声按音就是九折长河
一声泛音就是浪花一朵
天空有白云，大地有江河
可你，却把悲伤
独独给了我

清秋暮雨

雨打清秋，

画舫孤寂，

今秋寒于往昔。

我走在无人街区，

路灯也有困意，

风过眼迷离。

银杏黄时，

雪近鸿飞，

今秋寒于往昔。

翻开老旧的日记，

撕去年少回忆，

开一扇窗。

大声，大声地读一句：

岁岁人不同，

年年花相似。

我的话

当思念

还是干净的时候

你会发现，我的话那么多

废话，蠢话，笑话

神话，童话，梦话

真话，胡话，情话

还有不忍让你看清世界的假话

一瞬间啊，它们都来了

满园子彩色的花香和熟睡的白云

闪耀梦想的雪山

放下执着的草原

大雨，雷电，吹发的风

古老的石桥，书架上的书

泛黄的火车票和下一个城市

可是，城市的路灯却一直在等候

时光，正忙碌着染白一切

不仅是青丝

还有我们的心

心上的爱

有一天，当白色之外还是白色

你会发现，我的话啊

怎么突然

越来

越少

一天里

清晨为亲人做好早餐

中午自己却忘记吃饭

夜晚悄悄掀开午间的记忆

这样一过就是一整天

从前好听的话都在笔尖

如今想说的话都放心间

你问我为何还不去改变

因为，我早已大不如前

玉龙雪山闪耀着银光

心似阳关又像十年前

晨梦中闻到晓起的炊烟

城市的记忆刷了一遍遍

许愿木牌早已不灵验

在故事的轮回里

很多时候

还未开始

便成了从前

星空下

如果你
把星空看作一片湖
星空就会离你很近
近到只需挥一挥手
点点星光都是你的倒影
照出你最好的年龄

那不是稚小的年龄
也不是青春的年龄
亦不是岁暮的年龄
那无量无边的倒影

是你懂得爱的年龄

假如有一天
你我开始慢慢凋残
当落叶吹进了谷涧
繁华过后成一梦啊
如果说那是喜悦的
要在此刻留下什么
如果说那是痛苦的
要在此刻留下什么

时光的长河

冲刷尽肺腑的沉泥

清濯掉历史的记忆

直到将所有都洗去

爱才露出本来样子

清净如星湖的样子

如果这不足以说清

我会认真地唱一曲

长亭怨慢

阅人多矣

谁得似长亭树

树若有情时

不会得青青如此

爱，不是情

爱这个字啊

望一眼星空

如若清静了

也就懂了

月下诗

灯火辉煌的时候

是月亮最孤单的时刻

我分不清痛苦和喜悦

在风与云的沙沙声里

我听见彼此的问候

月光旁京胡在院中响起

想抓一把风

却醉眼迷离

残城上飘摇的蓬草

青石下避雨的苍苔

梧桐里太古的遗音

长亭外斑老的枯叶

它们是执着的观众

当妄想消失的时候

天也渐渐亮了

图书在版编目（CIP）数据

何以问长安 / 霄白城著. -- 北京：作家出版社，2024. 3

ISBN 978-7-5212-2727-7

Ⅰ. ①何… Ⅱ. ①霄… Ⅲ. ①诗集 - 中国 - 当代 Ⅳ. ①I227

中国国家版本馆CIP数据核字（2024）第031476号

何以问长安

作　　者：霄白城
责任编辑：兴　安
书名题字：徐金波
装帧设计：+牛依河
出版发行：作家出版社有限公司
社　　址：北京农展馆南里10号　　**邮　　编**：100125
电话传真：86-10-65067186（发行中心及邮购部）
86-10-65004079（总编室）
E-mail:zuojia@zuojia.net.cn
http://www.zuojiachubanshe.com
印　　刷：三河市紫恒印装有限公司
成品尺寸：142×210
字　　数：60千
印　　张：7.75
版　　次：2024年3月第1版
印　　次：2024年3月第1次印刷
ISBN　978-7-5212-2727-7
定　　价：68. 00元
